遇见西藏

——心灵朝圣之旅

邱常梵 著

华东师范大学出版社

图书在版编目（CIP）数据

遇见西藏 ：心灵朝圣之旅 / 邱常梵著. —上海：华东师范大学出版社，2012.4
ISBN 978-7-5617-9473-9

Ⅰ. ①遇… Ⅱ. ①邱… Ⅲ. ①游记－作品集－中国－当代 Ⅳ. ①I267.4

中国版本图书馆CIP数据核字(2012)第070553号

台湾东初文化事业股份有限公司授权
华东师范大学出版社独家出版简体中文版

遇见西藏——心灵朝圣之旅

著　　者　邱常梵
项目编辑　储德天
审读编辑　张 燕
特约编辑　邱承辉
封面设计　Edge_Design

出版发行　华东师范大学出版社
社　　址　上海市中山北路3663号　邮编200062
网　　址　www.ecnupress.com.cn
电　　话　021-60821666　行政传真021-62572105
客服电话　021-62865537（兼传真）　门市电话　021-62869887（邮购）
门市地址　上海市中山北路3663号华东师范大学校内先锋路口
网　　店　http://hdsdcbs.tmall.com

印 刷 者　北京京都六环印刷厂
开　　本　787×1092　16开
印　　张　14
字　　数　180千字
版　　次　2012年6月第1版
印　　次　2012年6月第1次印刷
书　　号　ISBN 978-7-5617-9473-9/G.5570
定　　价　36.80元

出版人　朱杰人

目 录
Contents

只为途中与你相见

2005年5月和6月，我独自一人于云南、西藏、四川交界的藏区自助旅行。

这一年，我五十岁，这是我的五十岁生日礼物。

我喜欢旅行，从高三毕业那年和好友二人带着睡袋，以最艰辛的方式自助旅行台湾和兰屿岛后，就莫名地爱上了旅行，从此，旅行成为我活络生命的一个方式。

我也喜欢走路，走路的体验完全是个人的，所以我喜欢自己一个人走，尤其是在大自然中。一个人走，我不在乎路还有多远，就是将呼吸安放在每一个步伐的迈出，放松身心，一步一步缓缓向前，真真实实地感受双足与大地的接触……

西藏会成为我的旅行计划，始于我读了《西藏生死书》，它像一粒种子埋进心田，有一个呼唤总是悄悄地在心田深处不时涌现："来，来西藏！"

2000年，我首次从青藏公路走藏北牧区进入拉萨，旅程只有17天，留下的深刻回味恍如一世，当时我还未学佛，但身处那全民信佛的藏区，却有着回到家的感觉，我像是离家多年的流浪儿，躺在母亲的怀中，带着满足的微笑，沉沉入梦。

2004年我离开职场，随着工作重心移往北京的先生游走两岸，陆续收集了许多西藏资料，也就是这年年底，在心中蕴酿已久的西藏行确定了——2005年5、6

月，独自前往滇、藏、川。选择这个时间，是因为雪季刚过，雨季尚未来临，春夏之际野花开放，是一年中气候最稳、景观最美的季节。

当所有朋友知道我要独行，因为担心不断发出疑问，无数的“如果……”、“万一……”，三天两头，通过电话、email，对我劝说，最后我发现只有一句话可以让大家闭嘴，我反问：“要不然你陪我一道儿去？”

我知道不是所有人都放得下，人拥有的愈多，牵挂就愈多，烦恼也愈多，我会那么有信心独自旅行藏区，主要因为自从2002年皈依圣严法师后，人生路上就愈走愈明白，“成、住、坏、空”是世间万事万物不变的法则，认清了就不会执著；体悟了“千江有水千江月，万里无云万里天”的禅境，心就能如澄澈的江水，没有主观和成见，自然映现明月，又如万里无云的蓝天，坦荡广阔，自然包容一切。那么，所见所及，尽是一片自在而丰富的水月与蓝天，映照出无限的风景，哪来那么多数不尽的“如果”、“万一”的担心啊？

走在西藏，我最常做的动作是仰望天空。西藏的天空，大多时刻都是一片湛蓝、清澈、无涯，间有雪白软绵的云朵飘浮着。仰望着仰望着，心中就会涌现一首诗，一首从天空飘落下来的诗。

那一天，我闭目在经殿的香雾中，蓦然听见你颂经中的真言；
那一月，我摇动所有的经筒，不为超度，只为触摸你的指尖；
那一年，磕长头匍匐在山路，不为觐见，只为贴着你的温暖；
那一世，转山转水转佛塔，不为修来世，只为途中与你相见。

这首在网络上爆红、被大多数人讹传为六世达赖喇嘛创作的诗，传神地倾诉着一种令人心醉的情怀，仿佛在低回吟唱我和西藏的相遇、相知、相惜，它伴随着我走过五十多天，在我孤单时轻声抚慰着我的心灵。

我把我和西藏的相遇化成文字，这本书不是一本旅游书，它只是记录着我所“遇”见的西藏；记录着一个五十岁女子走过藏地的心路历程；一个来自台湾宝岛的半百女子，随缘遇众生的故事。

而这段旅程，正如人类学家所言：旅行是现代朝圣的一种形式，从出发到归来，就是一段暂时离开熟悉的世俗环境进入神圣空间的历程，会使人重新认识生命的意义。旅途中，生命从里到外被洗涤，归来后，便获得了重生。

我五十岁，我遇见西藏，我获得了重生。

秋天似的金色年华

◎张文河（作者先生）

远远望着那熟悉的身影走出海关，近两个月不见的第一直觉是她瘦了，再看到她前后肩扛一大一小的背包，不疾不徐以她特有的左右微晃方式走过来，脑海里浮现出她从椰林大道走来的学生时代影像，三十年了，她还是一样地洒脱！

近几年因为工作我们聚少离多，分别一两个月已习以为常，但毕竟这次她是一个人独自旅行，一种特别急迫与挂念的心理驱使我快速迎向前去，接过她的背包，脱口而出："一路辛苦了！"她却一副稀松平常模样，脸上绽开满足、自信与豁达的浅笑。

不经意想起前年秋天我们到内蒙古额济纳旅行，晨曦中高大的胡杨树林反射出浓密的金黄色光海，我忙着摄影，愈走愈远，忽地背后一阵清风袭来，猛回头，无数的金黄叶片轻柔地飘舞在浑然忘我打着太极拳的她的四周——融入大自然合而为一的意象，就是她最贴切的写照。

选择独自旅行的人都有个人独特的因素，只是一个年已半百的女子，以近两个月时间，用最简约的方式，去走又长又艰难的路线，怎能不令我既佩服她的勇气，又担心她的安全和健康？

自从她几年前开始学佛并接触藏传佛教，西藏与佛教已成了她生命中最大的意义，她的生活愈过愈简单，美食、华服、珠宝、化妆品，她全不需要，生命重心放在阅读、修行和旅行，她常对我说："圣严师父说，需要的不多，想要的太多。”我劝她不用担心钱的事，尤其旅行时还是应该讲求方便、舒适，不过她还是我行我素，力行简约。

回想前年十一月，我正在烦恼她的生日要送什么礼物，当她有点犹豫地提及想独自去走滇藏线和川藏线，并打算申请到拉萨大学学习藏语时，我立即鼓励她，趁着还有体力，多去做想做的事，实现梦想，毕竟两个孩子都大了，没必要夫妻俩都被世俗生活的压力捆绑住，我说：“就当作是你的五十岁生日礼物吧！”

经过数月准备，她坚定地出发了，感谢现代科技，一路上不时收到她的讯息，在她进入藏区穷乡僻壤后，我才意识到她真的是以接近一般藏民的标准在旅行，住宿于每个床位十或二十元人民币的旅馆（多人共住，没有卫浴），对我这老“大陆通”来说，除非不得已是绝不会住的，她却觉得很好，可以认识藏民；搭乘的是破旧脏乱的大巴，途中状况连连，我在想我有多久没有搭过公共汽车了？而我没听过她抱怨，只有一个又一个融入当地人的心情故事。

她沿路发回来的札记与照片，导引我神游那壮丽奇特的高原，产生莫大向往，更使我强烈感受到不少藏民虽然贫穷却甘之如饴，虔诚、乐观、纯朴地生活在那片辽阔的土地上，而想到有时我应酬一次所花的钱，可能比一些穷苦藏民一年的收入还多，不免有几分愧疚与怜悯之心，除了自我节制外，更多次提醒她在藏区尽力帮助贫困的藏民，略尽我们一份心意。而同很多事业成功的人士一样，我也是从贫困中一路努力奋斗才有今日的成就，我们常自诩于这段艰苦打拚的历程，但认真反省，成功后，是不是渐渐地已有某种程度的不识人间疾苦？唯有像她一样走入群众，才能真正感受人间的酸甜苦辣。

她依照自己既定的方式走完了全程，她似乎把这趟旅行看成是自我回归原点的洗礼，安享路上的随缘境遇。她常说在藏地旅行，圆融自在，欢喜自己回到了另一个家！而我则感觉佛法与大自然无比深入地净化了她的身心。对她而言，人生五十才开始，生命恰如秋天似的金色年华！

旅行路线图 | 行经公路里程数

昌都
↕ (171K)

丽江 →(178K) 中甸 →(192K) 德钦 →(113K) 盐井 →(112K) 芒康 →(265K) 邦达 →(94K) 八宿 →(90K)

然乌 →(129K) 波密 →(89K) 通麦 →(127K) 林芝 →(19K) 八一 →(128K) 工布江达 →(200K)

墨竹工卡 →(73K) 拉萨 →(153K) 当雄 →(164K) 那曲 →(241K) 巴青 →(225K) 丁青 →(248K)

拉萨 ↕ (100K)

贡嘎 ↔(180K) 泽当

昌都 →(228K) 江达 →(109K) 德格 →(112K) 马尼干戈 →(95K) 甘孜 →(751K) 成都

马尼干戈 ↕ (35K)

竹庆

行走路线
省界
国界
江河 湖泊
青海省
巴青
丁青
昌都
江达
德格
竹庆
马尼干戈
甘孜
往成都
治
区
澜
沧
江
金
沙
江
往成都
四川省
邦达
八宿
通麦
布江达
八一
林芝
波密
然乌
察隅
芒康
怒
江
盐井
德钦
云南省
梅里雪山
中甸
丽江（启程）
往昆明
印度
缅甸

谁的金沙江和虎跳峡

重庆大哥

寻找香格里拉

神山佛国

迢迢雨崩神瀑路

有个藏族老人叫阿金

我被放鸽子了

无翅天使

走入大山大水

云南迪庆藏族自治州

启程

2005年5月9日，母亲节的第二天，我从中正机场出发，大小登山背包共20公斤重，文河送我到机场，在和我拥抱道别时，用有点担忧的眼神看着我，轻声说："若走不动就回来吧！"面对亲密爱人的关爱，我只有更用力地紧紧回拖他，笑着说："那当然！"但心中却有另一声音悄悄响起："亲爱的，放心，我会走完的。"

自从决定了要走这段旅程，心中就打定主意，无论如何都要坚持到底完成自己对自己的承诺。年纪已届半百，自知非儿戏，我清楚自己在做什么，虽然刚开始也有过一丝犹豫，因为一般前往西藏，除了从成都搭飞机直抵拉萨外，公路可走青（青海）藏公路、新（新疆）藏公路、中尼（尼泊尔）公路、滇（云南）藏公路、川（四川）藏公路，其中川藏公路又分为川藏北路及川藏南路。风景最美但路况最差的便是滇藏公路和川藏公路，由于存在着太多变数，一般旅行者都开全程吉普车，而且大多两辆以上相伴，以方便掌握行程，应付各种突发状况及相互支援。

我一个人走，意味着必须独自面对各种挑战，独自承担各种困难，但想一想，这不就像人生吗？许多时候，我们也是孤孤单单踽踽而行，没有人可以协助。而变数多就像佛法说的"诸行无常"，只要不执著旅程一定要如何如何，"随遇而安，随缘生活，随心自在，随喜而做"，就是我的优势。

由于沿途只有自己可以依靠，行前准备也就更加重要，我从年初开始展开体

能强化训练，这对我不是难事，因为平常就喜欢户外运动，只需更规律化即可，每周固定慢跑、游泳、骑自行车及练气功，假日随大学毕业校友登山会一起登山，在流汗中逐步累积体能。

资料的阅读花费我相当多的时间，除了上网搜寻，手边还有两岸出版的十多本书籍和杂志，配合地图，一本一本阅读，去芜存精，再依照地点，分门别类，把实用的资讯记在笔记本上，部分资料则直接缩小影印。

多次旅行经验，行李的准备驾轻就熟，精简、质轻、多功能是基本要求，例如，一把瑞士刀兼具剪刀、小刀、开罐器、螺旋钻、锉刀等多种用途，手表兼有时钟、月份、日期、闹铃、指南针、温度计、高度计等功能，并可记录走过最高海拔的时间。比较特别的是，我还带了笔记本电脑，一路记录心得感想，走到比较大的城镇时，便可将心得与拍摄的照片经由网络发给所有向往西藏但无法成行的朋友们分享。

出发的前一天把所有装备打点完毕，试背了一下背包，有点超乎想象的重，年轻时我是登山好手，纵横于台湾3000米以上高山，20公斤不算什么。但随着年龄增长，体力已渐无法负重，何况这回旅行的地区是在平均海拔4000米以上的青藏高原，必须面对高原适应的问题。

我再次检查了所有装备，没有一样是可以放弃的，那两大袋药，虽然多得有点离谱，简直像随身带了一间小型流动药房似的，但那是两位医生好友，花了许多心血帮我准备的，有针对我个人的，有针对偏远地区藏民的。我忘不了2000年第一次旅行到藏北牧区时，一个藏族老妇手握钞票对我们比划半天，并掀开衣袖及裤管让我们看，原来是皮肤长湿疹，想跟我们买药，可惜同行中没人带皮肤药，看着她满怀失望离去，我不想这次藏地行再发生类似的遗憾。尽管我明白这样做也只是杯水车薪，但至少我尽力了。

谁的金沙江和虎跳峡

从香港飞抵昆明后直接转飞丽江，丽江本不在这回藏地之旅的行程内，但由于一位好友的大学同学嫁给云南少数民族纳西人，定居于丽江，我一方面好奇，一方面也久闻丽江盛名，便将拜访丽江做为藏地之旅的暖身。

结果在丽江只待了一天，把大背包暂寄好友同学家，徒步装备塞进小背包，我便有点逃离似地搭上每天一班从丽江发往虎跳峡的中巴。古城无言亦无罪，只是受旅游经济过度发展之累，灯红酒绿的异国风情以及震天价响的欢腾娱乐，令我不适。

虎跳峡位于哈巴雪山（海拔5386米）与玉龙雪山（海拔5596米）之间，没通公路前，只有马帮行走，峡口海拔约1800米，奔流在峡谷之间的便是孕育中华文化摇篮的长江上游——金沙江。

当地居民于崖壁上凿出山路。

金沙江发源于青藏高原唐古拉山脉的雪山，一开始叫“沱沱河”，随着流经不同区域而有不同名称，往南流到青海玉树藏族自治州改称“金沙江”，再流过西藏进

虎跳峡峡谷是世界上最深的峡谷之一。

入云南，到了丽江石鼓镇，突然一个大转弯，与南北方向并流的澜沧江、怒江说再见，独自往中原而行，就在这回眸间，曲折的金沙江流过桥头镇后，在约20公里长的流段间，受到两座连绵高峰的左右堆拥，地形陡然落差二百多米，江中奇石迭嶂，水流湍急，深谷险峻，蔚为奇观。最窄处只有30米，相传曾有猛虎借江中巨石一跃而过江，因此有“虎跳峡”之称，整条峡谷分为上虎跳、中虎跳、下虎跳，自然景观包括上虎跳的“峡口”和“虎跳石”，中虎跳的“一线天”和“满天星”，下虎跳的“高峡出平湖”。

8点半，师傅上车，是个矮矮胖胖的女司机，车上除了两个回桥头镇（又称虎跳峡镇）的本地人外，其余均是外来游客，在前面的是来自陕西的一对年轻夫妇，带着个小女娃儿，先生担心小孩走不远，不断请教师傅虎跳峡路况，师傅挺热心地给了许多建议，坐旁边的是一位来自重庆的先生，不久也加入她们谈话的行列。

其余全是背背包的自助旅行者，一个韩国人、一个新加坡华人、四个北京人、六个来自澳洲和美国的外国人，都是走完虎跳峡后要继续往迪庆藏族自治州

自助旅行者的背包一般均捆绑于车顶。

香格里拉自助旅行的，彼此断断续续交换了一些资料。

传统徒步虎跳峡都是从桥头镇启程，离开公路沿著名的二十八道拐往上爬，登上哈巴雪山东麓，然后沿着山腰小径（有人称为哈巴小路）居高临下与金沙江并行（但看不到江面），直到中虎跳上方才切下江岸。我本来也是计划如此走，但丽江朋友以多年带队经验，建议我避开二十八道拐，理由是风景普通，沿路无遮荫，又是陡上，更重要的是会错过上虎跳，还不如直接搭车抵上虎跳，下到江底游览后，回公路走到十四公里处，再走小径切上哈巴雪山东麓，接回哈巴小路。这样，两天步行，不但上、中、下虎跳美景尽览，且可省去一些体力及时间。

我把这个折中徒步法转告大家，老外坚持还是要照他们旅游书上写的路线走，韩国人附和，四个北京人和新加坡人则听从建议，和我一道儿走。

车抵桥头镇，本地人和外国人下车，这儿是虎跳峡风景区入口，游客需买门票，大家下车略作休息，我在旁边转了一下，桥头镇紧临金沙江，这一带江面仍然十分宽广，听说可行300吨的机动船，有谁能想象得到？待会再往前行至不远处的上虎跳峡口，由于受到江岸两侧哈巴雪山与玉龙雪山两大雪山挤压，宽广的江面立刻骤缩，只剩30米，大自然的神奇力量，真是令人折服！

回到中巴，看到几个北京人正在从车顶下背包，怎么回事？原来是刚刚有小面包车师傅来搭讪，建议他们包车，一天就可以游毕上、中、下虎跳所有景点，他们为了节省时间和体力，决定包车，不徒步虎跳峡了，最后问我：

“新加坡人跟我们走，你要不要也一道儿？”

“可是，这样做和徒步完全不一样。”

他们无所谓，只要没错过重要景点就好。

前后不过几分钟，变化还真快，我想起刚刚坚持传统走法、一脸坚定的外国旅游者，是外国人比较固执比较笨吗？是中国人比较聪明比较懂得变通吗？

多年国外旅行经验，我不得不承认，外国人的旅行心态值得我们学习，他们通常比台湾旅游者有着更多的从容和自在，更懂得和大自然相处之道。没想到，台湾游客的素质让人失望，大陆旅者好像也好不到那里去。

要不要和他们一道儿走？拒绝他们就表示我得单独一个人走，当下我有点儿犹豫，这是我在大陆首度要一个人于山中健行，尽管旅游书上都说很安全，但我还是有点疑虑。

考虑了一下，我还是婉拒了他们，决定如实面对自己，独自一人走。往后还有那么多独行时刻与未知旅程，我不能在一开始，就被这样一个小小的担忧击败。

天下本无事，庸人自扰之，担忧和烦恼通常都是自找的，何况，我若不去面对自己的恐惧，就永远不会有机会知道自己的临界点在哪里。

只是当下觉得有点儿悲哀，以前在收集资料时，就发现这条属于中国人的江与峡，是全世界公认的徒步旅游圣地，但固执地走在山径或公路上的几乎都是外国背包客，而来自海内外的华人旅客几乎都是乘坐豪华旅游巴士，行色匆匆，到上虎跳看一看，拍个照，到此一游就离开。

外国人会钟情于徒步虎跳峡，肇因是20世纪30年代，美国著名植物学家洛克（Joseph F. Rock）曾三度游历虎跳峡，叹为观止之余并租用直升机于空中拍摄虎跳峡奇景，由于峡谷垂直落差三千多米，是世界上最深的峡谷之一，虎跳峡因此闻名于世。

外国人这样珍惜的一条峡谷，它的原主人却都只是来去匆匆，蜻蜓点水，未曾伫足细细品味它的晨昏之美，唉，真是何等讽刺！

重庆大哥

北京背包客和新加坡人下车后，中巴再往前开，不一会抵达位于公路9公里的终点站上虎跳，这儿很热闹，卖小吃和特产的小贩一大堆，我背着背包下车，重庆先生忽然跑过来：

“您好，刚才在车上听您说要徒步到中虎跳和下虎跳，您好像路况很熟，我可不可以和您一道儿走？”

我快速端详了他一下，中等身材，头发有点灰白，天热，厚夹克拿在手上，身上穿着一般休闲衣裤，脚上一双普通步鞋，右肩挂着一个云南大理旅游纪念袋，看不出来里面装的什么，感觉细细的带子快负荷不了，随时有断掉的可能。脸上神情呢？倒满诚恳的。

“可是要走两天，您行吗？”

“行，行，没问题，我时常走路的。”

“您装备够吗？”

他打开纪念袋给我看，有一大瓶水、换洗衣物、一台日本Nikon传统机械式相机、几卷胶卷和一些杂物。

这样的装备徒步山区，真只有大陆人才有勇气，我笑笑不予置评。不过，我一看到那台相机，便放下了防卫心，在数码相机成为摄影主流的当前，还坚守机械相机的人是很有自我品位的，有个伴一道儿走也不错，于是答应了他。

我们先下到江畔，两旁山形陡峭，金沙江狂涛怒吼，雄踞于江心的虎跳石高约十多米，奔腾而来的水流于此遇到阻力，搏击江石，滔天浪花腾空而起，震耳轰隆声回荡在山谷中，惊心动魄。

重庆先生先回公路用午餐，我坐在江边吃着自备的干粮，一眼望过去，行政区属于丽江的对岸，同样有条公路直达观景台，旅客看来比我们这边还多，熙熙攘攘，喧哗无比。

这种高度开发的景区，不宜久留，我坐了一会便往上走回公路，重庆先生已等在那儿，依计划沿公路到14公里，再走小路往山腰爬，沿途有不少叉路，但有地图资料，很容易判断。

我问重庆先生贵姓，他回答：

“我说出我的姓后，保准您以后每天都会想到我。”

我一头雾水，直到他说姓范才恍然大悟。

“就说吧，我们人每天都要吃饭吧，吃饭不就会想到范？”

我笑了出来，这人还有点幽默感。

他即将满六十岁，我便尊称他为“范大哥”，他叫我“小邱”，范大哥在重庆经营一家小型公司，因为觉得年纪渐长，再不玩就走不动了，每隔一阵子，便自己放假几天，带着相机四处摄影旅行，这回他已走了大理、丽江，打算游完虎跳峡就回重庆。

“虎跳石”横卧江心，传闻猛虎曾借石一跃而过江面，因而得名。

我有点好奇，他怎么不和家

"哈巴小路"蜿蜒于哈巴雪山的山腰。

人一道儿，也不参加旅行团？他回答旅行团受限太多，他喜欢慢慢拍照，肯定会耽误团队，不如自己走；至于家人，唯一的女儿有自己的天地，太太则没兴趣。

他问我是哪儿人，我说福建，但几次休息，聊天话题广了后，我马脚渐露，他多次用开玩笑的语气说我不像福建人，后来，我看彼此谈话还算投缘，才老实告诉他，我祖籍是福建，但在台湾长大。

他恍然大悟："就说嘛，我心中就一直嘀咕你根本有点像台湾人。"

范大哥对台湾充满好奇，除政治外，其余无所不问，我尽所能回复他，希望我这个小老百姓已成功地做了一回两岸交流使者。

下午三点，接回传统路线"哈巴小路"，来到海拔2300多米的Halfway客栈，我们坐在视野宽广的观景台小憩，举目一望，在场十多人全都是外国人。

这个位于半山腰的民宿，最著名的是网络上盛传的"天下第一厕"，见识后果然名不虚传，一边上厕所一边可欣赏连绵的玉龙雪山山脉，大片山景像幅画贴

由开凿于悬崖峭壁间的山径下眺望金沙江，分外惊心动魄。

于厕所窗台上，耳旁响着因为两侧高山夹峙山谷而形成的强风，阵阵呼啸，眼观山色耳听天籁，如厕变成一种最高级的享受。

离开Halfway客栈，山径沿着山腰前行，一边是山壁，一边是农村秀丽景致，零星人家散落着，路旁接连出现好几道瀑布，伴随着彩虹。摄影高手的范大哥，一路不断和我交换摄影心得。

黄昏时山径开始往下绕，看来是要切回公路了，一个转弯，迂回的金沙江从不远处的公路下方跃入视野中，夕阳余晖下，像一条银丝带，如梦似幻。

晚上住宿于Sandy's客栈（天梯客栈），不远处还有一家Tina客栈，光由这些民宿的命名，就不难明白住宿者有不少是外国旅客。

Sandy是客栈年轻女主人的英文名字，和先生共同经营，客栈由自家住宅改成，感觉亲切，干净的被单还有着阳光晒过的芳香味道，一晚才十元人民币，真是便宜。不久又来了一位独行侠背包客，是来自深圳的年轻人小赖，三人共享农家口味的晚餐。

餐后天南地北闲聊，我同时拿出针线帮范大哥缝补他快断裂的袋子，他吃惊的问："你连针线都带啊？"我笑说我的背包是百宝箱，日常生活可能用得到的东西都有，不像他简单行囊就敢来徒步虎跳峡。他解释说，原先只打算到上虎跳看看，顶多桥头镇住一宿就回丽江，所以把行李都寄在旅馆，现在看到小赖和我的装备，打定主意，回重庆后也要找家户外用品店添购装备。

隔天一早，Sandy背着竹篓，招呼我们下金沙江，原来她在江畔有间售纪念品、饼干、饮料的贩卖亭，她一路健步如飞，我和小赖紧跟在后，范大哥则一路落后，我们必须不时停下等他。这里没有修建像上虎跳一样的石阶步道，山径陡峭难走，不少地方必须手脚并用，我们走过碎石坡，走过近乎90度陡下的天梯路；走过开凿在悬崖峭壁间的岩路，穿过茂密的杂树林，一路听着金沙江的怒吼由远而近，由隐约到震耳欲聋，心情也随之逐渐激昂，最后终于下到江畔。

“鬼斧神工”是我看到中虎跳的第一个感觉，中虎跳因高山峡谷深割，宛如利刃将蓝天画开成一线，从江底仰望，“一线天”的称呼名副其实，难怪当地流传“望天一条线，看地一个沟，猴子见了掉眼泪，老鹰见了绕道飞”的谚语。

我在江畔巨石坐了下来，万马奔腾的水声夹着寒气，扑面而来，这就是闻名遐迩的满天星滩！金沙江流至此因为落差大，险滩乱礁散布，激流来回跳跃盘旋，撞击成浪花向空中翻卷，四散纷飞，在阳光闪烁下有如星石陨落，因此被冠上饶富诗意的“满天星”称呼。

范大哥告诉我，1986年，中国洛阳长江漂流队和中国科学长江漂流队，首漂虎跳峡成功，不幸罹难的队员就是在满天星滩出事。我望着如万马奔腾跃过险滩乱礁的混浊江水，不解地问：“人的能力是有极限的，无论是探险还是自我挑战，总要以安全为最大考量，他们为什么要拿自己的生命当赌注？”

下虎跳“高峡出平湖”的河阶平台地形。

“主要是因为当时有外国探险队向中国有关部门提出申

中虎跳峡的景观是徒步虎跳峡之行中最令人流连忘返的。

从谷底往上望，衔接两侧峭壁的一座桥梁，仿佛悬挂在蓝天上。

请，要来虎跳峡进行漂流，开玩笑，这是我们中国人的金沙江，我们中国人的虎跳峡啊！怎么可以让外国人先我们而创下纪录？”

我看着讲得一脸激昂、义愤填膺的范大哥，再回想起昨天那几个装备拉风、改变主意如翻书的内地年轻人，幸好老天爷另安排我认识这位重庆老大哥，让我不致于对中国人看待虎跳峡和金沙江的情感失去了信心！

范大哥、小赖和我都喜欢摄影，彼此不多话，各自在江畔来回流连，静坐沉思，直至中午，回到客栈。Sandy的先生告诉我们，从中虎跳到下虎跳之间只能走公路，这段路因金沙江切割很深，公路看不到景观，且中间有一大段塌方，建议我们搭他的车，到接近下虎跳时再徒步。

三人商量一下，接受建议，搭小货车到下虎跳附近，果然景观一路平淡无奇，到这里才豁然开朗，正是“高峡出平湖”的一望无际河阶平台，唯金沙江依

金沙江由西往东一路吸纳大大小小江河，汇流成中国第一大河长江。

然在左右两台地之间切割陡深，彼岸与此岸间无桥梁连接，只能搭船，我们沿着“之”字形小路陡下，走到膝盖发软，来到江畔，渡船在对岸，三人隔江呼喊了好一会，船夫这才慢吞吞地将船驶过江来。

坐上船，范大哥对我说：“小邱，等回到丽江，我请你吃饭，要不是遇到你，我绝对不可能徒步虎跳峡。回家讲给家人听，她们肯定不信，哈！幸好有相片为证。”他很得意地晃晃手上的相机，我笑一笑，人和人之间的缘分就是这样奇妙，当初上车时，我压根儿没注意到他，哪里会想到，最后竟然会是他和我一道儿走完虎跳峡？

这就像船行至江面中央，回望两山夹峙间水色混浊的金沙江，谁会想象得到，这金沙江在进入四川省后，竟然一路吸纳雅砻江、大渡河、岷江、嘉陵江……汇成浩瀚长江，最后于上海流入东海，全长3600公里，成为中国第一大河！

寻找香格里拉

徒步虎跳峡，牛刀小试，圆满顺利，回到丽江后，我带着大小两背包，告别友人，信心满满地往中甸前进。

四周雪峰林立的中甸，海拔约3300米，是迪庆藏族自治州的州府，目前已更名为香格里拉。尽管事前看资料就知道此地已是成熟的旅游城市，但当我背着背包一下车，还是怔在那里，看傻了眼。宾馆、网吧、银行、餐厅林立，大厦鳞次栉比，好不热闹，都怪自己先入为主对“香格里拉”有着某种期待！

“香格里拉”四字源于1934年、英国作家詹姆斯·希尔顿（James Hilton）所写的小说《失去的地平线》（*Lost Horizon*），后人对希尔顿的最高评价是他创造了一个英语新词Shangrila，意思如“理想国”，中文直接音译为“香格里拉”。小说叙述几位西方人所搭乘的飞机，被一个神秘的东方人劫机飞往喜马拉雅山区香格里拉蓝月山谷，接着是一连串神奇的经历，小说另被拍成电影，记得我在读大学时看过（约三十年前了），主题曲宛转动听，走出电影院时我还反复在想：世上真有这样一个地方吗？它会是在哪里呢？

在藏传佛教经典中有“香巴拉”（类似理想国、极乐世界）的记载，一般认为，希尔顿的Shangrila应该是对香巴拉的模拟及想象。另外，20世纪初，美国植物学家洛克曾担任美国国家地理学会探险队的领队，数度深入康巴藏区，历时二十多年，其间撰写系列探险文章刊载于美国《国家地理》杂志，希尔顿从未到

旧城区位于城南，房屋老旧，和城北的新城区形成对比。

过藏区，一般猜测，他的小说所依据的便是洛克的报导资料。

由于“香格里拉”一词所代表的不仅是美丽的自然风光，更象征如天堂般的理想境界。因此，为了旅游号召力，大陆不少城镇争相以此命名。最早，四川的稻城与亚丁、云南的中甸与丽江，都曾对外宣称它们就是“香格里拉”，最后由中甸胜出，正式更名。

中甸的主要景点有噶丹松赞林寺、纳帕海、碧塔海、属都湖、白水台、碧让峡谷等，这些自然美景，在四川、云南和西藏交界的区域都看得到。因此，另有专家学者和旅游者提出“大香格里拉”概念，也就是说香格里拉不是单一地方，而是广大的区域，包括北起四川若尔盖草原，南至云南丽江，西至西藏林芝，东至康定和泸定一带。对照小说中所描写的香格里拉景观特征，如金碧辉煌的喇嘛寺庙、苍凉雄奇的雪山冰川、风格独具的民居、巍峨耸立的高山峡谷及浩荡奔腾的江河等，这些在大香格里拉区域内，都不难发现。

更名为香格里拉后，一波又一波的人潮涌向中甸，确实带来利益，但相对地，有得就有失，这是世间不变的法则，两相权衡，如何择取，就全靠智慧了。

避开繁华的城区，我住进城郊的藏式民宅“奶子河马店”，离噶丹松赞林寺步行约二十分钟，这家民宅非常安静，我连住三晚。因为尚未进入旅游旺季，只有一个外号石头的年轻小伙子看店，石头大多在旅客交谊厅看电视，偌大的客栈庭院，通常只有我和几只猫狗共享。

噶丹松赞林寺离县城中心约五公里，是云南境内最大的一座藏传佛教格鲁派寺院，17世纪时由五世达赖喇嘛亲自选址，仿布达拉宫的格局，依山势层层而上修建，所以有“小布达拉宫”之称。目前据说有僧侣七百多人，整个建筑镀金铜瓦，金碧辉煌。

我在白天前往寺院参观后，连着两个晨昏，都漫步到松赞林寺对面的山坡上，把自己包裹妥当，安坐在冷冽的寒气中，就着随身携带的MP3轻声诵经和持咒，构筑我自己的香格里拉。

松赞林寺有“小布达拉宫”之称。

在接近零度的清晨，坐在犹结霜的草坡上，面前隔着已干涸成为草泽地的拉姆央措湖和松赞林寺对望。

随着太阳从山脉后方缓缓探头，阳光一点一滴地唤醒酣睡的大地，我虽然听不到诵经声，但知道早课就在那经幡幢幢的殿堂中进行，一片安详宁静的悠远氛围，如波浪般一圈一圈和着民家炊烟往外扩散。黄昏时，坐在同样的草坡，静静看着高低错落的寺院，在晚风中随着夕阳余晖变化光影，白日将逝，夜暮降临，时间的流转不正如生命的生灭？

白水台系纳西族东巴教的圣地，岩溶地貌层层迭迭如梯田。

来回的路上，有一个转弯处，可以将整个香格里拉城收入眼底，而在不远处的外围山坡上，高高矗立着以汉、藏文书写的斗大字“香格里拉”。我总会站定一会，望着香格里拉城，望着“香格里拉”大字，与其说香格里拉是一个地方，不如说它是一种象征性的心灵境界，每个人都对香格里拉心怀向往，每个人也都在寻找香格里拉，但它到底在哪里呢？如果你的心一点都不“香格里拉”，找到一个名称叫香格里拉的地方有意义吗？

“香格里拉”若用中甸地区藏语发音，意思正好是“心中的日月”，这不是一切都明明白白了吗？意味着香格里拉不在天上，也不在远方，它就在我们的心中。

禅宗有一则记载，一个比丘尼在悟道后写了一首开悟诗：

终日寻春不见春，芒鞋踏破岭头云。
归来偶把梅花嗅，春在枝头已十分。

看来人总喜欢舍近求远，反而忽略了近在身旁，甚至就藏在自性心中的宝物。

我在要离开的前一天，来到了位于南边的旧城区，这里仍有着浓浓的藏式风味，在旧城区中心有座名为大龟山的小山丘，山下有座藏经堂，山上有座古老佛寺，佛寺旁建有一个据说是目前世界上最大、最重、经胎最多的转经筒，高19米，直径6米，重60吨，筒内装有124亿“六字真言”经胎。转经筒表面铸有观音、文殊、普贤、地藏四大菩萨法像，每转一圈就等于诵念124亿“六字真言”。

一手持念珠，一手转大经筒，低低的《六字真言》诵咒声，回响在大龟山上。

抵达时，只有四位穿着传统服饰的老妇人绕着转经筒慢慢走着，我试推了一下转经筒，纹丝不动，只好也跟在她们身后口诵“六字真言”慢慢走着。

走着走着，忽然，如如不动的经筒缓缓顺时针移动了，原来来了三个年轻小伙子，正在使劲推经筒，我和老妇人见状，赶紧双手合力大家一起往前推，硕大的转经筒终于规律地转动了起来。

启动不容易，但一旦开始转动，要使其持续就轻松多了，每个人又恢复一手转经筒，一手持念珠的姿势，现场回响着低低的诵经声，一圈又一圈，是和筒内的124亿“六字真言”产生了共鸣吧！我感觉可以轻易地与自己的佛心相应，那是一种单纯的“存在”。

陆陆续续又来了一些人加入转经行列，不知转了多少圈，我满身大汗，看到那四位老妇人全坐到旁边休息去了，我也跟进，一边喝水一边居高四望，下方藏经堂有一位拿着拐杖的老妇人，从我之前参观藏经堂时就在转经，到现在仍然在转，每转一圈就在窗台上放一粒石子计数，我看她行动迟缓，可是一脸虔诚安详，我相信，对她而言，当下她就身处于自己建构的“香格里拉”中！

拄着拐杖，一圈又一圈绕着藏经堂转经的老妇人，行动迟缓，却一脸专注虔诚。

再回头，那四位老妇人休息够了，已经又回到行列中，白发下满布皱纹的脸庞也写满安详自在。

是因为当生命逐渐和死亡靠近时，自然而然就会有一份洞察力产生吗？还是因为老年人已走过人生大半岁月，所以才有足够的智慧看清一切都不需往外求，明白“香格里拉”就在自己心中？

那首西藏民歌《香巴拉并不遥远》，不觉清亮地在我心中响了起来——

位于松赞林寺旁的民家，晨曦中，炊烟袅袅。

有一个美丽的地方，人们都把它向往。
那里四季常青，那里鸟语花香，
那里没有痛苦，那里没有忧伤，
它的名字叫香巴拉，
传说是神仙居住的地方。
哦，香巴拉并不遥远……
它就是我们的家乡。

神山佛国

离开香格里拉后来到德钦，这里海拔要再高些，是滇藏线上云南境内的最后一个重镇，我到这儿来的最大愿望就是“转神山”。

转神山是藏民的一种宗教传统，生长在高海拔的他们，不管信奉哪一教派，普遍相信连接天与地不同层次两个世界的媒介，就是耸立的高山。远在吐蕃时期，人和神之间的沟通就是依靠高山，高山被视为天神回天界与下凡间的“天梯”，天梯也就是神山，而藏地所有著名的神山几乎都是由莲花生大师所降伏。

梅里雪山是藏地八大神山之一，准确地说，它其实是云南和西藏交界的怒山山脉的一段，再细分为北段称梅里雪山，中段称太子雪山，南段称碧罗雪山，但当地习惯把在云南德钦县境内的北段、中段合称为梅里雪山。整条山脉有着数以百计的雪峰，4000米以上的有27座，5000米以上的有20座，6000米以上的有8座，其中最为险峻奇秀的有13座，俗称为“太子十三峰”，最高峰就是海拔6740米的卡瓦格博峰——雨崩神瀑就位于其南侧峭壁下。

传说卡瓦格博峰原是九头十八臂的凶煞神，被莲花生大师点化，皈依佛教，做了千佛之子格萨尔王（西藏历史上的民族英雄）的一员大将，因战功显赫，统领边地，成为守护神，故又被称为“太子雪山”。每年秋收后，藏民都会扶老携幼前来念经焚香礼拜转山，他们相信转山可以保佑平安，可以增加功德，可以洗清罪孽，可以免受轮回之苦。

当我站在梅里雪山最佳观景点飞来寺附近的平台，隔着澜沧江溪谷，远远望着神山真真切切地在晨光云雾中浮现，终于明白，为什么有人在这里简陋的客栈一住十天半个月，不亲芳泽誓不离开，唯有亲自面对这磅礴奇伟的冰峰雪峦，才会明白所谓神山的圣洁气质。即使你不是佛教徒，置身清晨冰冷的寒气中，看着晨曦中，连绵的雪峰带着直指苍穹的圣洁锋芒，从云蒸霞蔚中浮现，一种语言文字无法形容的神圣感觉便会油然而生。

飞来寺很小，但名气很大，相传有尊释迦牟尼佛像从藏地飞来此地，故在此建庙得名。

一般而言，转神山分为“外转”和“内转”，外转从澜沧江畔的羊咱村出发，沿梅里雪山山脉顺时针方向走一圈，全程约300公里，走十至十五天；内转三至五天（起始点不同），由于土路已通到西当温泉，一般从温泉（海拔约2600米）开始徒步，翻过那宗拉垭口（海拔约3700米），往下走到“雨崩上村”（海拔3200米），再下一深沟爬上“雨崩下村”（海拔3050米），续前往海拔约3450公尺的雨崩神瀑。原路下山回到西当温泉，再转往相距约四十多公里外的明永村（海拔2300米），徒步经太子庙（海拔2900米），上到最高点莲花寺（海拔约3200米），沿途有许多昔日莲花生大师修行的圣迹，并可近览从海拔5500米直泄至2700米的明永冰川。

我走的是“内转”，我看待转神山的意义当然不着重在保平安、增功德、洗罪孽。在我的感觉中，转神山和转寺庙的转经道意义相似，都能在转的过程中沉淀、净化、提升心灵，有时会错觉地以为自己正在“云水行脚”。以前寺院称游方僧人为“云水僧”，游方僧人有如行云流水用双足走遍四方，我向往那种如云在天、如水在瓶的无碍意象，正因如此，转神山对我就具有特别神圣的吸引力。

昨晚住在设备陈旧的西当温泉，巧遇两位要前往雨崩村盖房子的木工，我怕彼此牵制，今早他们还在吃面，我打声招呼就自个儿先出发了。

这段山路要爬升超过1000米高度，大多是“之”字形上坡，我把背带调整好，呼吸调匀，上身微向前倾，一步一步往上迈开步伐，泥土路面的山径，清晰印着前人走过的鞋印，深深浅浅，大大小小，代表着不同的人，我想象着每个和我一样流汗走在这条路上的人，他们怀抱着什么样的心情而来？

汗水开始往下滴，滴落泥土中无声无息地消失了。路，无止尽的上坡，偶尔平缓些，经过的树林树木繁盛，视野有限，有时会出现开阔处，可以清楚看到隔着澜沧江对岸的山峦，飞来寺的观景平台也一览无遗。

正走得忘我时，从山上下来两位先生，看起来不像藏民，我对他们笑了笑，算是打招呼，侧身一旁让他们先过，其中一位先生，回头问我：

“只有一个人啊？”

“嗯。”

“好样的！”他对我竖起大拇指。

好样的？不知道是哪一省的形容词，看样子是在夸奖我，但是为什么要夸奖我？是认为一个女性独自山中健行，很了不起吗？独行在一般人眼中觉得勇气可嘉，但往往只是因为个人的臭脾气，不喜欢群众，喜欢独享宁静的空间，因此选择了一种不同的行走方式，说穿了其实也不怎么样。

走约三小时后，两位木工从后面赶上我，他们夸我走得真快，追了半天才追上我。

我笑笑，事实上我走得不快，放松身心，步伐配合呼吸节奏，像一条小河流

雨崩村分为上村（上图）和下村（下图），只有三十多户人家。

慢慢淌着，这样的好处是不太需要停下来休息，不像他们走的速度快，但相对地休息次数也多。

再往上爬，遇到了马队下山，游客坐在马背上，由马夫牵着慢慢走，马身上

马队铃铛声和着马夫快乐的歌声，飘扬于森林小径上。

设于海拔3700米的那宗拉垭口，是中途最大的休息站。

的铃铛叮当叮当响，和着马夫快乐的歌声，在森林中回响开来。

没多久，就抵达最高点海拔约3700米的那宗拉垭口，经幡飘扬，一小块空旷处设有休息站，供应饮料、饼干，西当和雨崩的马夫也是以这儿为分界点，再过去一路下坡，很快抵达雨崩村。

这段路程，旅游书上大多记载约需五至六小时，算算我走了四小时多，体力还算不错。

雨崩村分为“雨崩上村”和“雨崩下村”，共约三十多户人家，上村和下村之间隔着一条山沟，两个小村落清新如世外桃源，应该归功于不通公路的缘故吧！以雨崩村为住宿点，可以放射状前往神瀑、大本营（昔日攀登卡瓦格博峰的基地营）和神湖，而我这回只打算徒步前往神瀑。

先到晚上要住宿的“徒步者之家”登记，这间民宿恰好位于上下村之间的开阔地，视野宽

广，主人阿那主很和善，告诉我神湖上星期还下雪；神瀑这几天气候不太稳定，早午变化很大。昨天有三十多人住雨崩，今天到现在为止只有我一个人。雨崩村是藏音，“雨”指“绿松石”，“崩”指“往上堆积”，指的就是正对村子前方的那座绿色山丘。

我就面对着窗外那座“往上堆积的绿松石”小山，享用阿那主为我煮的热腾腾汤面，吃完看看手表才一点多，天气还不错，原本计划明早才去神瀑，临时决定这就出发，估计五小时内来回。

飞来寺附近藏民发动整理梅里雪山观景平台，远处的梅里雪山已经隐入云雾中。

位于梅里雪山观景平台旁的梅里客栈，男女主人为四川老爹及西藏老妇。

迢迢雨崩神瀑路

我独自一个人，伫足于往梅里雪山雨崩神瀑的冰原雪地上，天气转坏，从毛毛雨加剧如豆大，没有登山杖也没有冰爪，我在雪地上已连滑数跤，极目四望，千山鸟飞绝，万径人踪灭，一片苍茫寂静，只有零星的经幡、手腕的念珠和心中的佛号让我知道自己不孤单……

从“徒步者之家”出发，穿过雨崩下村后，小路弯进树林中，不时传来村民放牧在外的牛脖颈上的铃铛声，左侧是神瀑河，由高山积雪融化而成，山径依傍着河流走了许久，中途在河流对岸出现好几道残破小冰川，河边平缓处并有藏民用石块堆积成高高低低、大大小小的祈福玛尼堆，接着小径转为“之”字形上坡路，于森林中逐步爬升，两旁处处横卧着巨木死亡后残留的树尸，成为供养各种菌类和昆虫的天堂，这些原始林木在没人类干扰的空间肆意生长，枝叶茂盛，蔓藤牵扯，自成一森林王国。

穿梭于森林中的山径，有时平缓，有时陡峻，偶尔还会和河流并行小段，刚开始阳光还不时穿过层层树阴洒在身上，随着海拔升高，阳光消失了，天候变差，飘起毛毛雨，不知走了多久，这才走出森林。

森林外，迎面而来是一大片空旷的野地，四周积雪的山峰连绵，都是悬崖绝壁，无数冰瀑悬挂于峭壁上，地面冻土残留着冬雪痕迹，穿插着一些光秃秃的矮树及灌木，前方远处是刀削斧劈的雄劲陡峭山峰，看似资料上记载的五冠峰，但山顶云雾深锁，无法分辨。

雨时大时小下着，我在空旷的野地上静立了一会，体会着自己的渺小，敞开身上每一颗细胞，缓慢而悠长地深呼吸着，接受大自然神奇力量的灌顶。

在路迹不明中往上走，积雪厚薄不一，我只能凭经验判断，尽量沿着有石块突出的坚硬地面走。忽然听到哗啦哗啦的水流声，我猜想是从神瀑流下来的，只要找到小溪，逆着往上爬，应该就可轻易找到神瀑，想着想着有点兴奋，赶紧四处找了一下，真的有条小溪流被覆盖在积雪下。在找的过程中，意外发现

黄昏夕照下的雨崩下村，一片宁谧。

有些冰层，上面看似完整，但因雪融速度不一样，底部早成中空，万一不小心踩到，很可能就会断裂，这让我更加如履薄冰。

虽然找到小溪，可是往前走没几步，小溪又消失在覆雪之下，天气更坏了，雨势加剧如豆大，视野变差，雪地变得更滑，我连滑数跤，极目四望，一片苍茫寂静，腹中饥肠辘辘，中午那碗汤面早已消化殆尽，我不禁因为筋疲力竭而感到有点心灰意冷。

这就是我会独自伫足于冰原雪地上的始末。

我望着手腕上的念珠，这是一位虔信藏传佛教的朋友自印度灵鹫山请回，经普巴金刚竹千法会十日夜加持过的。望着念珠，佛号同时在心中连绵响起，一抬眼，视野接触到四周苍茫的雪地，刹那间，眼前浮现圣严师父瘦削的身影于寒冬行过法鼓山纽约象冈道场雪地的一张照片……

前两年，我有幸曾有机缘整理圣严师父早年于海外弘法的资料，无数次有感于师父弘法之艰辛与过于常人之毅力而悄然落泪，哽咽不能自已。师父以四十岁的高龄，独排众议前往日本攻读博士学位，节衣缩食，日夜苦读；师父于风雪交加的深夜，流浪在纽约街头，找不到挂单的住宿处；师父为了节省费用，带着弟子从街头捡回别人丢弃勉强仍可使用的旧家具；师父为弘扬佛法，数十年来，以瘦弱病躯风尘仆仆往来于世界各地……相较于师父，我这不过只是寻个神瀑而已，小小挫折就心灰意冷？真是汗颜！

精神陡然一振，我先从背包中取出一条Power Bar，这是一位热衷于海外雪地登山的朋友相赠的，外型有点像巧克力厚片，其实就是浓缩的营养补给品，可以瞬间补充能量，恢复体力。因为寒冷，Power Bar被冻成奇硬无比，我用力嚼着，食不知味，真的如朋友事前警告的“真够难吃”。

吃完“活力棒”，我继续往上爬，为了安全，依然紧沿着右侧峭壁走。走了一阵子后，光溜的悬崖峭壁上出现一条从顶倾泄而下的瀑布，我惊喜交集，但心中随即出现问号，这是神瀑吗？看起来和书上图片有点像，可是周围找不出其他辅助标志，十之八九这不是神瀑。

我计算一下时间，回程还要登上右侧半山峭壁上的莲师修行洞礼佛，安全考虑也不允许我再独自往山里走，我决定将这条瀑布视为神瀑，至少是我心目中的神瀑。

取出水壶，我想尽办法接近结冰滑不溜丢的瀑布下方，先喝了一

小径傍着由高山积雪融化而成的神瀑河，蜿蜒上升。

紧贴着岩壁修建的莲花生大师修行小庙。

口，冰凉沁心，再把水壶装满，这才心满意足地打道回府，往莲师修行洞的方向上爬。

这座位于海拔3600米高的峭壁上，供奉着莲花生大师的小庙，是从昔日邬坚师禅洞（即莲花生大师洞）顺势修建而成。所谓洞，其实也只是由绝壁上往内凹进去的一个小空间，庙前有一条人工修建的羊肠小道连接到下方雪原。

我爬到庙前，意外看到一对年轻男女藏民和老母亲正在生火，语言只通一两句，比手划脚半天才搞清楚他们从四川甘孜来转山，晚上要住在庙旁边的小木棚里，我比划着夜晚温度下降会非常非常冷，为什么不下村里去借宿藏民家？他们只是憨笑着摇头摆手，不知到底听懂没？我掏出背包中的饼干和糖果送他们，他们也推辞许久才收下。

在小庙内点燃一盏酥油灯，虔诚祈祷后，我取出风马旗挂到庙旁的古树上，静静在庙前站了一会，俯瞰下方雪原，刚刚走得狼狈不堪，现在遥望只觉得晶莹圣洁，不知是否因为高僧大师的修行圣地有一种自然的氛围，能让心安定下来。

雨小了，风强了些，将四周无数的风马旗吹得啪啪响，就让风为我在圣地日夜诵经祈福，祈愿众生都能离苦得乐……

有个藏族老人叫阿金

海拔2900米的太子庙，煨桑（藏族烧松枝祭祀神灵的一种方式）烟雾袅袅，阿金盘腿坐着，专注念诵《卡瓦博格峰诸神礼赞经文》，另两名藏民在一旁对着寺院礼敬叩头，经幡旗在他们四周飘扬翻飞。我望着这画面，觉得自己与他们之间的缘分真是不可思议！

这三位藏民是我前天往雨崩神瀑，路过下雨崩村中一小庙时遇见的，当时他们正绕着小庙转经，我看庙门深锁，拍了张照片就想离开，结果年纪最长的老藏民向我招手，比划最少要转庙三圈才能走。三人中，那位年轻阿尼（尼姑）捂着嘴笑，我看老人一脸诚恳，便也笑着跟在他们后面转了三圈；接着，老人要我帮他们拍照，照好后，他比划半天，我才搞懂原来他想要相片，我一边摇头一边给他看视窗，表示只能看，没法立刻洗出来。我问他们住哪里？我冲洗好就寄给他，但比了半天他们不懂，周遭又没人可翻译，最后只好作个抱歉的表情离开。

昨天早上我一走出客栈，正好看到他们背着布包要离开雨崩村，原来他们也是转山者，不是当地居民，他们对我比划着要不要一起下山？我做出还没吃早餐的动作，他们笑笑，一步也不停地往前走了。

后来当我爬上最高点的那宗拉垭口，他们正好休息完要出发，看到我，等了我一会儿，又招呼我一起走，我便跟随在他们后面下山，三人都不多话，只是安安静静、有节奏地走着，我喜欢这样的偕行。途中遇到一位来转山的僧人，他们

礼敬供养的态度看得出是虔诚的信佛者。由于一路下坡很轻松，我们均未休息，倒是阿尼下坡走不快，慢慢距离拉远了，最后一段只剩我陪着阿尼在后面慢慢走。

回到由四川人承包经营的西当温泉，一屋子马夫和师傅在打牌、吃饭、聊天，嘈杂得很。不知是否是我的错觉，刚刚在山中很自在的他们三人，突然就显得很腼腆，一副手足无措的模样，我请老板找个会说藏语的人，帮我告诉他们，我和他们很有缘，谢谢他们带我下山，我想请他们吃饭，再搭我便车去明永村，明天一起转明永冰川。

从西当温泉到另一转山起始点明永村，距离约有四十多公里，没有公交车直达，我原先计划是搭便车，否则就先搭一小段中巴车，然后步行。但遇到三位藏民后，我改变主意，我知道一般藏民转山全靠步行，那位藏民老者年纪不小了，让他在五月艳阳天下走四十多公里沙土路？我有点不忍心。

包车上，我拜托师傅居中翻译，师傅表示地域不同，三名藏民说的话有些他也听不懂，只好来来回回一再沟通，终于知道原来

因角度关系，远望过去，明永冰川似乎正以排山倒海之姿朝着太子庙压顶而来。

三人来自四川得荣县，年纪最长的老者叫“阿金”，七十二岁，识字，会说几句普通话，他已来过三次，这回是特地陪两位不识字的邻居来转山，他们除了从家乡到云南德钦县城搭车外，都是走的，夜宿藏民家，三餐吃自己带来的酥油茶、糌粑。

阿金拜托我将拍他们的照片寄给他，我说没问题，请他将住址给我，他用藏文写，师傅帮忙翻译，“四川省，得荣县”，翻到村名就傻眼了，不知对应汉字是哪个字，我照着发音在地图上搜寻，找不到，只好先记下藏文，希望届时邮差看得懂。

莲花生大师留下的脚印及指印。

车抵明永村已近黄昏，我担心他们的住宿问题，阿金请师傅告诉我不用担心，过冰河桥往山坡走，就有热心的藏族人家会提供免费住宿。在冰河桥头分手时，他用手指对我比了个八，又指了指桥头，再指往山上方向，我明白是约明日一起转山的出发时地，便跟着重复一遍他的动作，他们三人看着我比，笑得十分开心。

今天一早精神抖擞出发，大约两小时就来到第一个目标——位于半山腰，供奉着骑白马、手执长剑、英姿焕发的太子神的太子庙，绕着寺庙转经后，阿金就诵起《卡瓦博格峰诸神礼赞》经文来了。

明永冰川从卡瓦格博峰往下呈弧形一直铺展到海拔约2700米的森林地带，绵延11公里，平均宽度500米，是中国纬度最南、冰舌下延最低的现代冰川。转山最高可以上抵海拔3200米的莲花庙。一般游客大多只骑着骡马上到太子庙，欣赏阳

光下熠熠生辉的雪山冰川。

一路上，因为游客和骡马不少，阿金带着我们避开宽阔的“之”字形路，走捷径，遇到比较陡峭的山坡，他都会回头指着我向阿尼吩咐什么似的，后来知道他是要阿尼帮助我。我在心里偷笑，阿尼自顾不暇，有时还需我拉她一把呢！

阿金不愧已来过三回，对沿途每一圣迹了若指掌，高僧大德留下的脚印、生命之树、狸猫去印度之洞等，每个圣迹他都会停下脚步对其他两人详加解说，只可惜我一句也听不懂。

在阿金带领下，我们沿着山壁、拉着藤与蔓往上爬，寻找圣迹。

往莲花庙途中，来到一个山沟里的圣地——“空行母的舞池”，立有一解说牌，传说这里是莲花生大师妻子，一位修得正果的空行母修法起舞之处，阿金要我们卸下背包，然后随他像猴子一样拉着蔓藤往后侧的山崖峭壁上爬。解说牌上说峭壁上面还有圣迹，包括天然形成的佛教圣物白海螺、莲师修行打坐的石头大法座和雨崩神瀑同样神圣的水帘小神瀑等，若非阿金，我肯定一个也找不着。我们爬上去后，一一礼敬膜拜，阿金带领大家在水帘小神瀑之下诵经经行，冰凉的水花溅湿了脸，我伸出舌头舔了一下，如甘露一般的圣水。

转经完成后，阿金对我比划着要继续往上爬，直接翻过山脊，这样比较快，但，不行啊，我背包中有贵重东西，不能扔在路边，我急着比手划脚，表示我必须下去拿背包，阿金会意了，露出一个微笑，对着阿尼吩咐几句，一个转身仍自个儿往上爬，阿尼拉着我的手，示意要陪我下去，再爬上来。

我一边随阿尼往下降，脑中却挥不去刚刚阿金嘴边的那抹微笑，是在笑我怎么急成那样吗？我一下觉得自己充满“现代人”的悲哀，现代人的烦恼不是来自贫乏，而是来自“拥有太多”，肩上背得太多，手里提得太重，心中填得太满，到哪里都牵挂放不下，这怎能不苦啊？

唉，昨天我还自以为人家可怜，看来我才是可怜的人哪！

翻过山脊，接回山径，终于抵达最高点莲花庙，可以贴近看冰川，冰川上有大小不一的冰洞，千姿百态，不时传来冰体轰然崩塌发出的巨响。庙后靠冰川边有个被树林环绕的圆形广场，中间是个堆得高高的玛尼堆，上面插满风马旗，资料上记载有个“大尸林”玛尼堆，转山人会带来自己死去亲人的骨灰，撒在堆上，不知是否就是这里？

阿金煨桑后，专注念诵《卡瓦博格峰诸神礼赞经文》。

1991年，中日联合登山队攀登梅里雪山主峰卡瓦格博峰，由于突降大雪，登山队放弃登顶，在返回海拔5100米的三号营地时，遭雪崩全体遇难；直到1998年，队员的遗骸和遗物才在大尸林上方海拔约4000米的地方被找到。山难发生之处离此直线距离约4公里，两地之间冰崖纵横，还有山脊阻隔，可是尸体竟然随着冰川移过来了，方向是藏民转山的顺时针右绕，真是不可思议！当地流传因为这里经幡飘飘，是灵魂最后的安息地，所以卡瓦格博峰神灵把尸体移过来了。

完成莲花寺朝圣后，阿金借寺庙厨房，由阿尼打酥油茶，我们彼此分享着糌

粑和饼干。下山时，三人看起来都很心满意足，阿尼持续低声诵经，其他二人则唱着旋律简单但声韵优美的和声。半路遇到一位骑马上山的时髦小姐，看我们灰头土脸，对她的同伴说：“喔，这种就是很穷的人来转山的喔！”我忍不住在心里对她说：“人穷志不穷、心不穷。”

回到明永村，我再度请他们用餐，分手时（他们还要前往另一朝圣地），阿金一直拉着我的手放到他额前，口中喃喃说着，我知道意思应该是之前他请包车师傅告诉我的：“你很善良，我们不知道要说什么，只有诚心祝福你一路旅途平安。”我眼眶一热，赶紧双手合十回报。

看着他们三人边往前走边频频回首向我挥手道别的身影，眼前如走马灯般浮现我们一起坐在树林中，彼此用简单几句话加比手划脚沟通的画面；当他们知道我会拼读藏文、看到相机景窗内的自己、听到MP3内自己的声音时，笑得如孩童般纯洁的天真表情；还有轮流听我录的《莲花生祈请文》、《百字明咒》、《六字大明咒》、藏语《心经》等，随之诵得入神的专注虔诚神态……

我想我这一辈子都不会忘记他们三个人！

我被放鸽子了

昨晚住进明永村“仁钦藏家苑”，算算已经六天没洗澡，身上灰尘可能论斤重了，决定奢侈一下住宿在含有卫浴电视设备的标间，八十元一晚，和台湾相比算便宜，但和我之前住十元、二十元，最多三十元比起来，简直是天价了。

从头到脚，舒舒服服地洗了个热水澡后，我仍然记挂着阿金他们三人，他们还在风沙滚滚的道上赶路吧！直到夜深，我躺在洁白干爽的床上，听着窗外轰隆隆冰川河水流过的巨大声响，仍挥不去他们的影子，断断续续作着梦，梦中还随着阿金三人在山道上走呀走呀……

今天是藏传佛教记载释迦牟尼佛诞生、得道、圆寂的日子，按原来计划是早上回德钦后，前往八十多公里外的东竹林寺（德钦第一大寺），参加庆祝法会。

昨晚问了今早车子开回德钦县城的时间，班车时刻表写八点，但柜台值班小伙子告诉我通常会提早开，要我七点多就下来等。今早一切准备好时约七点一刻，背起所有家当下楼到大厅要退房，正在扫地的女孩看到我怔了一下。

“阿姨，您今天要离开吗？”

“嗯，我搭八点那班车回城里，说是要提早下来等，不是吗？”

“可是，可是，那班车刚刚已经开走了。”

我一听大吃一惊，女孩跑进柜台后叫老板，老板出来一脸歉意：

“哎，不好意思，我们不知道你今天要走，不然就会请客车等一下。”

位于明永村与冰川之间的此大型祈福塔及经轮，据说是为了保护村庄免受冰河侵袭而兴建。

大自然中的花草树木，随着四季转换风貌。

“可是我昨天跟柜台值班的小伙子说了啊！”

“啊，是我儿子，他还在睡觉呢。没关系，师傅刚走，你赶快打他手机，拜托他回头来载你。”

我依老板给的号码拨了手机，接通后，我软言软语拜托师傅回头载我，他说好，过了快十分钟还没看到车子，陪我站在马路边等着的藏家苑老板、小妹和隔壁杂货店老板娘都觉得奇怪，回头不用这么久哪，我再打一次手机，师傅说往回开快到啦，我便向客栈老板告辞，先往村外路口走，这样客车就不用再开回村里。

走到村口，坐在路旁等候，不断有人家赶着自家牲畜走过，有的是要去田里工作，有的是要去放牧，有的是要去轮班载游客上山，动物身上铃铛清脆伴着饲主的吆喝声，阳光渐强，一天的工作即将展开。

清晨的空气清新宁谧，我心中却有着疑惑和浮躁慢慢扩大，车子怎么这么慢还没到，师傅不会骗我吧？我安慰自己，他何必骗我呢？但万一他真的没回头呢？搭不到车怎么办？今天所有计划不全泡汤了？

诸多念头在脑中翻搅，等了许久，连个车影也没，拨师傅手机，再也打不通，只好悻悻然背着背包再走回藏家苑，老板和小妹看我又回来了，问：

“车子没回头吗？奇怪，通常都会回头的。”

“那师傅还连手机都关机，不接我电话了。”

“哦，那是没讯号，山里嘛，公路盘旋几个弯后，就收不到啦！”

我愈想愈气愤，一下怒火冲天，忿恨地说：“这师傅怎么可以这样？不照班车时刻发车不打紧，还骗我会回头载我，害我像个呆瓜似的坐在路边等半天。等我回到德钦县城，一定要去投诉她！”

老板安慰我可能是师傅有急事要赶回县城吧，他让我在大厅内休息，晚一点再看有没有便车可搭下山。

九点多、十点过后，上山游客渐多，除了旅行团，散客都是从德钦包出租车过来，还有人是从丽江包车一路游玩的，问了几辆车，有的不愿多载人，有的刚好坐满一车，有的说下午不确定几点返车……还有师傅表示可以专程载我回县城，意思就是要我单独包车，但我不愿意花这种冤枉钱。

最后，我决定不再受制于无奈的等候，禅宗说修行要提得起放得下，这道理用在生活中也一样，既然今天离不开，何妨再住一宿，这么简单，就当放假一天，悠闲地逛逛，写写日志，看看书。

回到藏家苑，登记再住一天，把大背包放进一晚十五元的房间后，我带着小背包，轻轻松松往山里逛去。

来到幽静的山中冰川河边，找了块大石头坐下，天气真好，我放下绑着的长发，轻轻梳理着，曾经对自己说，满五十岁就要将长发剪短，旅行藏地后，发现传统藏族妇女无论老少都留一头长发，在康巴藏区是已婚盘发，未婚编数十条小辫子，拉萨地区则是已婚编双辫，未婚编单辫，真有意思，我就再多留几年吧！

梳理好头发，我拿手帕用冰川河水洗脸，哇！冰凉有劲，擦干后，涂上保湿乳液避免干痒，当乳液在脸上滑过时，想起刚刚怒火冲天那一幕，当时，我一定面目可憎，没有哪个生气的人会是可爱的，现在回想，我为什么要生气？引起我生气的“因”也不在眼前，当时在我周围的都是帮我的人，我应该感谢他们，怎么反倒是对着他们发火呢?

就算师傅不按时刻表发车，口头答应却没回头载我，作意的是他的“无明”，我何必对“他”这个人生气呢？我应该同情他，同情他被自己的无明牵着鼻子走而不自知才对啊!

有一回听佛法开示，谈到生气的问题，主讲的仁波切举例，若有个人拿着木棍打你，实际打疼你的是木棍，但是你会对木棍生气吗？不会，因为你知道是“人”拿着木棍而非木棍自己跑来打你。进一步看，有个人用言语或行为伤害你，通常我们都会对那个人生气，但却看不清，是“无明”掌控着那个人的心，指使那人运用言语或行为来伤害你，那个人的作用不过就像是一根木棍罢了！若是你也跟着起舞生气，那就是你也被你的“无明”掌控了，若能看清这点，一个人就不会轻易发脾气。

因为个性急，我曾经是个很容易生气的人，参加印度葛印卡台湾分会的“内观十日禅”学会内观后，才变得比较会观察情绪，比较不会随着情绪团团转。

内观让人了解到：当愤怒在心中生起时，在色身层面上同时也会发生两件事。比较粗的层面上，是呼吸首先就失去了常态，变得稍微粗重、急促；比较微细的层面上，因为身心是互相紧密关连的，当身体结构开始生起一种生化作用，一种电磁作用也开始了，会有热气遍满全身，悸动、紧张遍布内心。

长期练习内观后，当愤怒生起时，大多时刻我都能立刻自我觉察到：我在生气，愤怒起来了。然后除了静静观察，什么都不做，就只是静静观察。不尝试赶走愤怒，也不压制愤怒，就只是观察色身粗细层面变化的实相，继续观察，然后愤怒就会变得愈来愈弱，最后自己消失了。

可能是生活中太久没有碰到会引发我气愤的状况，以致疏于练习，所以，今天境况一来，又故态复萌，旧习气占上风，把内观抛到九霄云外去了。这么看来，我还真应该感谢那位不知名的师傅，感谢他让我再度有了一个内省的机会。

从明永村再往山里走，冰川河畔大片草坡上放牧着众多牛羊群。

我找了块平坦的大石块，单盘坐稳，背部和颈部挺直，闭上眼睛，嘴巴轻合，没有任何想象或臆测，也没有言语或身体的活动，就只是在经验的层面上观察所体验到的。

此刻能体验到的，最明显的就是自己的呼吸——气息的进来和出去。静静坐着，而呼吸持续在进行。我开始观察气息的进来和出去，就只是如实观察着它，深的呼吸，浅的呼吸，经过左鼻孔，经过右鼻孔，进来的气凉凉的，出去的气热热的……就只是观察，不干涉呼吸自然进出的流动，当它自然地进来时，保持觉知；当它自然地出去时，也保持觉知。

葛印卡大师说，这是训练心专注的第一步。

今天是藏地释迦牟尼佛诞生、得道、圆寂的日子，我就坐在冰川河流边的大石块上，在阳光与山风轻拂中，练习内观，找回我跑掉的“觉知”。

无翅天使

明天就要离开德钦县城，进入西藏境内小镇，黄昏时，我在街上逛了一圈，补充了些干粮，上网吧发mail，通告好友我接着会在网上失踪几天，简单吃碗汤面，快七点时回到住宿的“德钦藏家楼”。

今天住多人房，省些住宿费，它是由一大一小两房打通，内二外三共五个床位，只有一个门出入。一进房间，看到一位中年女子正在外间吃着饼干及蔬果，行李散了一床，我跟她打声招呼，说我住内间，顺口问她：

“您在用晚餐啊？”

她咬下一大口小黄瓜，说她吃素，外面吃不干净。

“您是佛教徒吗？”

“我是天使，佛的使者，佛要我用三年时间走遍神州，度化有缘人。”

我本来以为她开玩笑，但看她一脸正经，不像开玩笑，接着一个念头闪过，她是精神不正常吗？

“姑娘，我们有佛缘，才会相遇，你可能也不相信我，没关系，你把我说的话记在心里，三年后，你就会恍然大悟了。”

她接着自我介绍，名叫李霞，东北人，奉佛旨以三年时间行遍神州。

我不想答腔，等她说到一个段落，赶紧改变话题。

“李霞，您是从东北直接来云南的吗？”

她说出来好些个月了，因为要等家人寄盘缠过来，会在这儿多待几天。接着又开始说她这一路上，找机会到处演讲和佛教有关的主题，随时路见不平帮助可怜人，用言语点化有缘人。她说很多人说她精神病，“没关系，不相信我是天使，三年后她们就会恍然大悟了”。

禅宗虽有这样值得玩味的师徒对答禅语，徒问：“如何是佛？”师答：“即汝是。”不过就算古之禅师大德已从“即心即佛”的体悟，到具体明白指出“你

学佛路上需要有善知识引导，才能找到回家正确的路。

就是！”但我们一般凡人还是不会这样充满自信地昭告天下：“我就是佛。”而这位一身白衣的中年女子，却一再用肯定自信的语气说：“我是天使！是神派在凡间的天使。”

我心中隐隐觉得有点怪，佛教不讲天使啊！天使不是西方宗教的专有名词吗？她是不是信教信得有点走火入魔啊！我试探性地提出一些佛法的专有名词和佛教义理，没想到，她懂得还真不少呢，显然不是一般唬人的江湖神棍。

“三年要走完神州也不容易，您怎么安排路线呢？”

“不用我安排啊，我周围有很多神随行，她们随时会告诉我怎么走。”

我一听到她说她周围有很多神随行，立即在心中观想正信佛教的诸佛菩萨，并召唤神圣力量环绕着我，不过，说也奇怪，我并不会怕她，可能因为她在其他方面的认知都很正常，就只是太爱说话，太滔滔不绝了，让人招架不住，感到有点压迫感。

八点半，我以打坐为由，回到内间我的床位，她在外间看电视。九点多，我说明天一早要赶车先睡了，她问了一句：“我整晚开着电灯，不会碍着你吧？”

我说不会。

十一点多，起来上厕所，发现她也睡着了，电视开着，只是声音转小了些，我有点恍然大悟，原来之前她是说“整晚开着电视”而非“整晚开着电灯”。

再次躺上床，一时间不太有睡意，我不禁想：这位中年女子是信仰狂热过头了吗？还是受到什么刺激，所以混杂现实、理想，凡人、神佛世界，在真实与虚幻间游走不自觉。

学佛路上需要有善知识引导，是非常重要的，善知识包括好的老师及同参道友，亲近善知识才能听闻正法，树立正知正见，才不会误入歧途而不自知。我对佛法开始感兴趣，是在20世纪末读了《西藏生死书》，然后杂乱地东看西看有关佛法的书，幸而后来因缘具足进入法鼓文化工作，皈依圣严师父，才开始有系统、有次第地听闻佛法，听到正信佛法就好像遇到失散多年的亲人，常常欢喜得泪水无声无息不断地流下……

像我这种在因缘具足时，立刻毫不犹豫地接受佛法、进入佛法殿堂的人，依佛经的说法，是我在前几世就曾修行过，而且曾发愿生生世世都要再度皈依佛法僧三宝，行菩萨道，所以在潜意识中很容易唤起前世熟悉的记忆，在今世继续延续前世的发心。

我的英文名字叫echo，最早是因为喜欢三毛（她的英文名字叫echo），后来丢弃偶像情结，却发现echo这名字意涵深远。当你对着山谷呼喊，回音（echo）会不断回响着，亲近佛法后，我更相信，生命的法则是循环的，每一个大大小小的行为都具有像回力标一样的特质，我对周遭的人、事、物，释放出善，回报我的必是善；释放出恶，回报我的也必是恶。即使只是心中浮现的一个想法，并没有付之行动，起心动念间也同样会刻下一个记录，终有一天会像回力标一样全部回到起点，因果就在那时呈现。

所以，在旅途中我也常常自己叫自己echo，它能提醒我觉察自己释放出去的

对着山谷呼喊，回音就像我们释放出的业力，最终都会如实回到我们自己身上。

一言、一行、一念。尤其在遇到陌生人时，更是不断释放善念，让对方感受到我的善意。

东想西想，睡意渐浓，但一整个晚上，电视声、刺眼的灯光及李霞间歇的咳嗽加擤鼻涕声，让我无法熟睡（或许潜意识里还是有一点点自我防卫存在？），最后只得再度运用内观法，引导身心彻底放松，即使没睡着，一样得到休息的功效——这招在丽江住青年旅馆时，因为旅馆是旧木造房，隔音很差，碰到隔壁打鼾像打雷时用过，很有效。

第二天一早起来，打坐完毕，整理好背包，七点左右，向李霞道别，她居然说我前世就是修行者（是看我早晚都打坐的缘故吧！），鼓励我这世还要继续再修，并要影响周围的人，我看她说得很诚恳，便口气认真地问她：

“可是，我不知道要如何才能修得更好？”

“只要认真、用心，照目前这样修就可以了。”

走出房门前我问她：

“李霞，走前我想问你一个问题，为什么你要整晚开着电视？”

“给他们看啊！”

我猜得也是，半开玩笑地又问：

“他们都不用休息啊？神怎么会看世间这些节目？”

“要了解我们凡人啊，他们是挑节目看的。”

可是，我整夜听到的内容，除了新闻外，都是综艺节目和连续剧……

走出“德钦藏家楼”，我忍不住回头往二楼再看一眼，无论如何，祝福你，无翅的天使——李霞！

幸福是圆的不容易背

一山分四季，十里不同天

古冰川湖之歌

两只蝴蝶

整栋旧楼只有我一个房客

春去春又来

扎桑喇嘛

日光城的美丽与哀愁

用身体丈量大地

吟唱雪域诗歌

西藏自治区

幸福是圆的不容易背

早上八点多，离开云南省境内最后一个大城德钦，中午抵达西藏自治区边境小镇盐井。盐井是汉语，因为产井盐而得名，藏语地名是“擦卡洛”，这是西藏东部唯一出产食盐的地方，也是历史上“茶马古道”的重要驿站。要进入村落前，远远看到马路上挡着红栅栏，让没有办理“台胞入藏函”的我紧张了一下，担心是边防检查站，幸好不是，师傅按了喇叭，栅栏自动升起放行，车子通过时，我瞄到旁边立着一块木牌：“芒康县盐井木材检查站”，原来是检查木材的（西藏林区目前全面禁伐）。

从德钦到芒康这段路，所有的旅游书都说是滇藏线上最糟的一段，正好也是云南省进入西藏自治区的交界地带，两地客车各开至盐井，乘客互换车辆往回开，以前班车很少，目前已固定每日一班。

这大半年来，由于盐井到芒康途中修路筑桥，实施交通管制，每日上午八点前及下午六点后放行，因此，我们必须在盐井等到下午四点半，换搭前一天从芒康开过来的班车，往前开到管制处，差不多是放行时刻。而这等候的时光，正好可以逛逛盐井小镇，看看盐田。

若就地理位置来看，自中甸香格里拉开始即进入“康巴藏区”，若就行政区域划分来看，则从盐井镇开始才属于“康巴藏区”，康巴在藏语中是两个字，“康”是一个地理概念，指边地，“巴”含有人、民族的意思。西藏史籍习惯将

藏区分为三部分——上阿里、中卫藏、下朵康，其中“朵康”就是指康巴藏区。

相对于西藏首府拉萨（位居中卫藏）而言，在交通不发达的古代，康巴藏区是一个令人望而生畏的荒凉边地。但康巴藏区虽属边陲，昔日藏传佛教“后弘期”的中兴，却发韧于此，由于康巴藏区偏远荒凉，使当时的灭佛势力鞭长莫及，许多佛教修行者得以藏匿于此区深山中，逃过劫难，埋下后来佛教再度兴盛的种子。

康巴藏区的地理范围大致与横断山脉重合，横断山脉之所以被命名为“横断”二字，就是因为山高谷深，横断东西间交通，依据地理和地质学家的研究，

紧临着山崖的祈福佛塔，日夜守护着信奉藏传佛教的下盐井民众。

横断山脉是世界上地形变化最复杂最奇特的地区，就地貌而言，山岭褶皱紧密，断层成束发育，大起大伏，山势壮观。宛如要搭配横断山脉的特殊性，蜿蜒于此区内的河流也不同凡响，中国境内的江河几乎都是由西向东流，唯独流经滇藏高原的金沙江、澜沧江和怒江，因横断山脉的关系，转为南北方向，形成三江并流的高山深谷险峻风貌，落差高达两三千米，从谷底到山顶，气候从亚热带、温带到寒带，呈立体上升，而在滇藏交界的这一带，三江并流非常靠近，据说直线距离最近的相距不过18公里。从空中看，三江并流仿佛在滇藏高原的崇山峻岭间，书写成一个大大的“川”字！

盐井小镇正好就位于三江之一的澜沧江畔，澜沧江发源于青藏高原唐古拉山东北，上游是扎曲河与昂曲河，两河于藏东第一大城昌都会合后，称为双曲河，之后流到云南改称为澜沧江，显然澜沧江的名气比双曲河大多了。

澜沧江在三江并流处险恶无比，两岸峭壁刀削一般，赭红色的土崖和石壁不断受水流冲击，蚀出无数窟窿，而红土也将水流染红，使这条大江仿佛红水奔流往南，进入越南称为“湄公河”，再经缅甸、泰国、柬埔寨，流入南海，全长五千多公里。 或许因为山高水急，地形恶劣，在康巴藏区有句谚语：“幸福是圆的不容易背，苦难是扁的老黏在背上。”意思是说，土地贫瘠，天灾频繁，苦难想避也避不开。

不过，当我穿过盐井村落，往江岸边走时，感觉这个小镇却是谚语中的例外，这应该和盐井自古以来便出产珍贵的盐巴有关。它也是一个美丽和善的山村，一路遇到的村民都很亲切，现在正是青稞成熟时期，一株株饱满的青稞随风谱成绿油油的波浪，正忙着采收的村民告诉我，青稞收完了接着就要忙种玉米，一年到头忙不完。忙虽忙，但从她们的语气和神情，看得出来这种忙碌是充满幸福感的！

依照村民告诉我的方向，穿过大半个村落，直走到路的尽头，发现在几座祈福佛塔的旁边就是山崖，小路呈“之”字形往下，探头一看，澜沧江在既深又陡的谷底，盐田分布在江岸两侧，资料写着谷底的澜沧江海拔只有2000米出头，和盐井落差近1000米，我顾虑若是下到江畔，再往回爬可能来不及搭车，便打消去意，只在山崖边徘徊，俯瞰欣赏。

盐井至今仍采用传统的方法获取盐巴，村民先在江边河床凿井，然后从井内提取盐水，用木桶背上坡，灌入一块块面积约十来平方米的土台晒盐架内（盐田），让炙热的太阳将盐水晒成盐巴，由于用来建土台盐田的泥土土质不同，有红土和白土，形成同一条澜沧江左岸与右岸生产的盐有红、白色之分，相当有趣。

更奇妙的是，盐井因地形关系，分为上盐井与下盐井两个聚落，下盐井住的是纳西族，约有一千多人，他们不同于丽江一带的纳西族，住的是藏式碉房，吃的是糌粑和酥油茶，信仰藏传佛教；而与下盐井隔着山沟、地势较高的上盐井，居住的全是藏族，人口约一千多人，却有60%的人信天主教，并建有西藏自治区内唯一的天主教堂，教堂由一位法国传教士于1855年创建，最初由云南德钦县茨中教堂的神父过来为村民解释教义及主持活动，直到1996年才有了第一位藏族神父。

一株株成熟饱满的青稞随风谱成绿油油的波浪。

可惜我停留的时间太短，来不及前往上盐井参观教堂。根据统计，自17世纪至今，约有一百多位天

由于建土台盐田的土质不同，形成澜沧江左岸产红盐、右岸产白盐之分。

主教传教士前来藏区传教，均徒劳无功，只有在康区的盐井小镇建立了这所教堂，但盐井的天主教也入乡随俗，富有浓厚的西藏文化气息，例如给圣像挂哈达，而受洗过的藏族天主教信徒，见到佛教活佛时也会立刻下跪礼拜，说明了本土文化根深蒂固的影响。

坐在切割陡深的澜沧江畔山崖上，我回想着相关书籍记载的这些资料，下盐井与上盐井；红盐与白盐；纳西族与藏族；藏传佛教与天主教；澜沧江是淡水，河床土层下却是盐水……这个位于澜沧江畔的山村，仿佛处处存在着对立，却又相安无事一片和谐，真是一个耐人寻味的地方。

身处穷山恶水，宗教信仰成为支持生命的最大力量。

老天似乎给予生长在这里的人有着更宽广、更包容的心胸，可以随顺接纳一切。或者应该说是，因为这里的人深切体会到“幸福是圆的不容易背”，所以即使是一丁点微薄的、能带来幸福的因子，也都特别珍惜地捧在手心呵护，因此，他们可以累积出无尽的、平凡中的幸福！

澜沧江是淡水，但在盐井一带的河床土层下却是盐水。

一山分四季，十里不同天

客车在“邦达”停下，师傅宣布休息用餐，这又是我拍照的好时机，背起小背包，拿着相机跳下车，想拍摄镇郊的草原风光，我半跑半走地赶着往回走，不一会突然喘不过气来，脑门有点晕眩，这才想起，这里可是海拔接近4400米的高处呢，赶紧停下脚步，深呼吸，等一切恢复正常，再慢慢地往回走。

邦达是川藏南线和川藏北线公路的交会点，北去藏东大城“昌都”，西去首府“拉萨”，南往“芒康”，早期只建有兵站，随着旅游日盛，沿着三叉路交会口兴建了一排低矮平房，提供过往旅客简单食宿，整个小镇最明显最富生机的便是邦达兵站和营房，除此一片荒凉。而往北约数十公里远的邦达草原上，则建有藏东唯一的机场，是世界上海拔最高的民用机场。

拍完照，挑了家看起来比较干净的川菜馆，点了道素菜和一碗白饭，很快填饱肚子，师傅和几位乘客还在隔壁餐馆抽烟聊天。我回到车上，发现前座有位年轻女孩没下车，手捂着腹部，一脸惨白，原来是晕车、胃痛，我给了她几片胃药，心中一边祈祷她病痛赶快好，一边回想自己这一路上适应良好，感到无比庆幸与感恩。行走在这条件恶劣的滇藏公路上，说白一点，只要“吃得下，拉得出，睡得着，走得动”，就该偷笑感谢老天爷的特别眷顾了。

离开邦达，开始翻越横断山脉最大的天险怒江山，山口海拔接近4700米，这段路全是土石路，雨季时，只要山洪或泥石流一来，便会塌方处处、柔肠寸断。

偏僻山村的孩童，山涧戏水，欢乐无比。

即使现在是晴朗的艳阳天，透过灰尘满布的车窗玻璃往外看，仍感受得到两旁那破碎、风化、崩塌的狰狞山容。

公路呈“之”字形曲折盘旋而下，直达怒江畔，怒江发源于唐古拉山南麓，藏语称为“那曲”，意思是黑水河，斜穿过西藏东部，进入云南，往南流到缅甸改称萨尔温江，最后注入印度洋。从山口下到江畔，据统计共有72个几近180度的大拐弯，是川藏公路上拐弯最多的路段。在这样漫天尘土飞扬的环境中，居然还出现一个名叫嘎玛村的小村落，房屋分散在公路两侧，人类的耐力实在不可思议。

从4700米海拔的山口一路下降到2700米海拔的怒江畔，高差2000米，气温从寒冷到暖和到炎热，在短短几个小时内，时序从冬天走到春天、夏天，这就是地理课本上所说的“一山分四季，十里不同天”的写照。

车子下到谷底怒江畔后，是另一个天险嘎玛沟，怒江从中穿过，这段怒江江面狭窄，水势奔腾湍急，坐在车上都还能感受到混浊江水的力道万钧，公路与江面并行一段后，由怒江大桥及怒江隧道过江。我探头到窗外，往上往下一看，这天然的峭壁峡谷令人咋舌，武警于桥头荷枪而立，俨然“一夫当关，万夫莫敌”的架势。

过了大桥及隧道后，离开怒江，路况稍微好些，没多久抵达“八宿”，八宿的藏语意思是“勇士山脚下的村庄”，这里离我要前往的目的地然乌镇只剩两小

公路从4700米的山口呈“之”字形下降到2700米的怒江畔，是川藏公路上最多拐弯的路段。

时车程，但师傅说要于此过夜，明早七点发车，所有乘客都得在客运站附设的招待所住下。

和半路晕车、胃痛的女孩登记同住一间房，她吃了我给她的胃药后，身体好转了些，视我为朋友，我们把行李拿进房间后，她斜躺在床上，话匣子打开，主动和我聊天，原来她是察隅人，察隅是位于中印、中缅交界的边境县，海拔只有2300米，气候温和，降雨充沛，是高原上的绿洲，素有“西藏江南”之称。女孩名叫拉姆，在藏东最大城市“昌都”的小学教书，她说到现在还是不适应高海拔，每次回家乡探亲再回学校都很痛苦，若非在昌都有个很要好的男友，真想辞掉工作回家乡。

拉姆一直游说我到察隅玩（我们搭的这班客车终点站就是察隅），她用一种高亢的语调形容她的家乡有多么美好，气候温暖，种植大米，经济富庶，风景优美，人民善良……说得我有点心动，而最吸引我的其实是居住在察隅靠边境的少数民族“登人”，人口只有一千多的登人，世居深山老林中，有自己独特的语言但没有文字，一直到20世纪中叶，他们还停留在结绳记事的原始时代，被部分藏民蔑称为“光屁股的野人”。1950年代，西藏进行民主改革后，登人才迁居到察隅的河谷台地。

我对“登人”充满好奇，很想前往一探究竟，但要前往察隅需到公安局办理边防通行证，台胞身份有点麻烦，想想还是下回有机会再说吧。

拉姆接着又告诉我她从中学就离家到昌都读书、工作的经过和汉族男友之间的交往情形。教书很辛苦，学生素质很低，月薪不多，想换工作……

从邦达往北是一望无际的绿色草原，连绵数十公里。

拉姆的汉语说得很好，表达力也不错，她滔滔不绝地说着，我微笑着听她讲，只在适当处回应她一两句。讲到汉族男友，她一开始有点不好意思，过不了一会，就无所忌讳，连少女怀春的万般情绪变化都一股脑儿说给我听，还说她家在察隅小有名望，所以家人反对她和四川籍农村小户出身的男友交往，希望她找个门当户对的藏族人家，但她对男友恋恋不舍，面对亲人的劝阻，她举棋不定，处在这样的矛盾中，目前只能拖延着，讲到最后，她居然征询我的意见。

“阿姨（藏民对有点年纪的汉族女性都尊称为阿姨），您说我该怎么办？”

我有点吃惊，我们认识不过几小时，她怎么会这么信任我？宛如把我当成一个可以听女儿诉苦、帮女儿解决困难的慈祥母亲。我暗想：是不是我长得慈眉善目，一副让人信任的和蔼可亲模样，所以让她如此推心置腹？也有可能是她压抑太久了，好不容易遇到个看起来还善良的人可以让她发泄心中苦闷，反正旅人各有各的方向，今日交会明日各奔东西，有可能今生再也不会相遇。

但我能给她什么建议呢？只能讲一些鼓励的、无关痛痒的话语。

拉姆又在发简讯给男友了，我拿出电脑浏览这些天拍摄的照片，看到在香格里拉拍摄的老妇人，皱纹深刻却一副世事洞察的安详模样，再抬头看看眼前这位花样年华的姑娘，涉世未深，年轻的脸庞还带着几许稚嫩，这会儿则是一脸烦躁（因为发了多通短讯给男友，男友至今未和她联络），这个对照真是令人省思，年轻的岁月，莫非就是注定要经历这种种的磨炼，才能逐渐成长？

终于男友打电话过来了，拉姆的脸色从烦躁、微嗔、娇羞到一展欢颜，和男友打情骂俏，旁若无人。她的脸上花容荡漾，完全不见了刚刚问我“怎么办”时的烦恼神情。

我看了下手表，两人用手机讲了快半小时，就在刚才，拉姆还跟我说每个月薪水一千多，光手机费就要花去数百元，常常入不敷出，还要跟家里拿钱，颇有忏悔之意，才一会儿工夫又全忘了。

“一山分四季，十里不同天”是用来形容横断山脉的地理气候，但拿来形容人又何尝不是呢？我看着拉姆，当一个人无法看管好自己的心，任它牵着自己四处乱窜，就像“一山分四季”一样，在短暂的时空内，情绪如春夏秋冬辗转起伏，无时无刻不受外境影响，在冷热中煎熬，一颗心永远也无法安宁。

古冰川湖之歌

然乌镇，是一个很小很小的小镇，镇上唯一的一条街道就是川藏公路，汽车通过整个小镇只要几十秒钟。小归小，但因为紧临古冰川湖泊然乌湖，它成为游客钟爱、摄影者流连之地。

湖面海拔约3800米的然乌湖，是个经不同时期冰川作用而形成的古冰川谷地，由三个上下相连的湖泊组成，长约26公里，宽约1—5公里，是西藏东部最大的湖泊，也是雅鲁藏布江支流帕隆藏布江的主要源头。湖周围环绕着山顶终年积雪海拔5000米以上的雪峰，山腰坡地则长满青翠茂密的针叶林，明镜般的湖面倒映着四周雪峰、翠林，既有高原独特的壮丽风貌，又有藏区农牧田园的绮丽风韵，因而有“西天瑶池”之美誉。

天空云层厚重，我先往西“波密镇”方向走了一二公里，川藏公路318国道就紧沿着湖畔而行，这儿大概因为游客太方便停车，湖边充满人为的脏乱。

苍穹白云被山风追逐，瞬间变化万千。

为防牛羊啃食，湖畔居民架高草堆，晒干作为燃料。

湖畔野花，肆意绽放。

下午两点多，我从镇上往回走到通往南边察隅边境县的岔路口，资料记载，沿然察公路（然乌到察隅）往南步行约4公里，有个半岛往湖中央延伸，是浏览然乌湖的最佳地点，我决定徒步前往。

然察公路和然乌湖不即不离并行，走了一小段后，我离开公路，走进紧贴着湖泊的沼泽地，地上开满各种野花，黄的、白的、紫的，喧闹万分，羊群和牛群在花草间安详吃草，我找了一个能尽览湖光山色的绝佳位置，取出饼干和水，与牛羊共享自在的下午茶时光。

边走边拍照，偶尔在湖畔坐下来，对着湖面发一会儿呆，当心有所感触，就随手在笔记本上记下只字片语，虽然天空阴沉，但心情从容，古冰川湖泊和四周雪山的景致，也耐人玩味，这段湖畔时光过得十分欢愉。

走到往湖中央延伸的半岛时，遇到一对骑着自行车的年轻男女，他们告诉我再继续往察隅方向走，有个冰川非常壮观，两人原来都是和我同样住宿邮政招待所的自行车队的成员之一，车队来自湖北省宜昌县，从湖北、湖南、四川、云南到西藏，多么遥远的一段路途阿！队中还有五六十岁的队员，在这氧气稀薄的高

原地区，走路走快点都觉得喘不过气，骑自行车？真令人钦佩！他们昨天就抵达然乌湖，今天休养一天，年轻人毕竟是年轻人，体能充沛，就一路往察隅方向骑着车游玩。

对他们所推荐的冰川虽然有兴趣，但快黄昏了，云层也仍然厚重，我还是决定坐在往湖中央延伸的半岛土丘上，静静欣赏着湖泊就心满意足。快六点时，往回程（北）走，走没多久，发现北方天空宛如开了一扇窗，露出湛蓝的色彩，四周风儿呼呼地狂吹，原本厚重的云层被愈吹愈开，蓝天的范围逐渐往南扩散哟嗬！我忍不住欢呼了一声，看起来天要放晴了。

冰川湖畔悠闲吃草的羊群。

拍了几张照片，为了找更好的角度欣赏蓝天下的湖光山色，我转头再往南走，回到凸出湖中央、视野宽广的小山坡上，我就站在那儿，居高临下四望，耐心等待云层完全散开，想象着晚霞满天倒映湖面，会是何等光景。

风出奇地大，沙土被风扬起打在脸上阵阵刺痛，我把自己包裹在gore-tex风衣中，帽子戴紧，脖子上的围巾往上拉，直盖到鼻头，只留下眼睛，仰头看着天上厚重的云层被风吹逐着满天跑，云彩千奇百怪变化着，忽然想起少女时期很喜欢唱的一首洪小乔的歌：

风吹着我像流云一样，这样的我也只好去流浪，带着我心爱的吉他，和一朵红色的玫瑰花。
风吹着我像流云一样，这样的我也只好去流浪，
带着我心爱的吉他，和一朵黄色的野菊花。
我要到那遥远的地方，一个不知名的地方，
我要走那很远的路程，寻回我往日的梦。

民歌手洪小乔是我少女时期崇拜的偶像，在那“为赋新词强说愁”的青春期，孤傲的个性一心想脱离轨道，振翅高飞，那时，无论哪一种形式的艺术，只要能引领心灵短暂脱离俗世束缚，我就会为之着迷。洪小乔的歌声独特，造形神秘，总是以大草帽遮住脸庞，又弹得一手好吉他，写词编曲自弹自唱，是个全方位歌手，唱起英文乡村歌曲更是情感丰富，我常随着她的歌声飞翔在自由的国度里。

好久没唱这首歌了，风仍然使劲地环绕着我四周狂吹，我好像云朵，快要被

风卷往空中了，于是张开口大声唱起歌来，虽然自知歌声不怎么样，但反正四处无人，愈唱愈起劲，愈唱愈欢喜，宛如和风儿嬉戏，又宛如在帮风儿加油，一遍又一遍，歌声在雪山与湖光中回旋……

六点多时，风儿打了胜仗，厚重的云层快被吹光了，只余一点薄云，我调好相机角度，准备拍照，咦，快门怎么按不下去？一检查，哇咧！摄影者最害怕的恶梦发生了——电池没电。怪哉，下午走出镇外时才换了新电池，怎会这么快就没电？这下子如何是好？大相机专用的两副充电池都告寿终，预备用的APS小相机又放在招待所房间，看来只能眼睁睁看着美景干瞪眼了。

懊恼之余，我在土丘上坐了下来，静静地望着眼前的一切，蓝天在薄云的衬托下蓝得清湛，心随着湖面的光影变化逐渐沉淀，或许老天爷要警告我别只顾着猛按快门，要我放下一切，用心欣赏。也罢，就让大自然的奇迹（那么厚重的云层竟然会在黄昏时全部散开），直接烙印在心田的底片上吧！

心平气和地接纳了眼前的不如意，心境刹那便整个儿放开来。

隔天，因为没客车，也拦不到便车，我在然乌湖畔又住了一宿，整个下午都在湖边流连，因为时间充裕，步伐像在太空漫步，连呼吸都放慢了速度，这种感觉有点像之前才看的一本书《随在你——放心的智慧》（*It's Up To You*）的一段内容，大意是说：让自己慢下来不一定只在禅定打坐时，慢下来的意思是指“要注意自己生命的内外空间”，换句话说，要让自己慢下来，必须与自己的生命、心的开阔性取得联系，才能在心中体验到更多空间，面对因外境所引起的情绪反应时，也才会有更多的空间去包容。

让心拥有更多的空间，就像天空容纳着白云、乌云一般，接纳生命中一切美好的、不好的，愉快的、不愉快的事物，视每一个遭遇的发生都是上天最好的安排，眼前世界自然会无限地宽广……

两只蝴蝶

昨夜下了阵雨，这是旅程至今遇到的第一场雨，晨起雨丝还飘着，带来的雨具和大背包套终于派上用场，七点半走到波密电信局前广场，这里是往八一镇的吉普车统一发车处，波密镇到八一镇之间因为路况太差，客车很少，主要是民营吉普车，一车坐满四或五人即开车。

波密镇海拔才2800米，但抬头所见都是白头的雪峰环绕着小镇四周。昨日从然乌镇搭客车过来，途中经过一段以前跑川藏公路司机最怕的路段，被形容为“天不怕地不怕，就怕然乌到中坝”。那一段路由于紧傍帕隆藏布江，初春雪融直到夏日雨季，泥石流、坍方和山洪不断，最严重的一次发生在1984年，曾一下子埋掉四十余辆车，一百多人死亡。如今路况已改善许多，但公路紧贴着江岸，几乎等高，无法想象雨季时如何行车。

听说今天的路况更糟，不过吉普车性能高于客车，让人比较安心。

我搭的这部吉普车，师傅是藏族，其余四名乘客也都是藏族，他们一路以藏语高声谈笑，我完全插不上嘴，只好默默欣赏着窗外风景。

车上CD反覆播放着当红的流行音乐精选，一首《两只蝴蝶》重复再重复，这首曲子去年十月我停留在北京时，屡次听文河哼唱，是当时红遍大陆的流行歌曲，现在再听，或许由于独自一人在异地，特别触动心灵，句句仿佛都是出发前，文河对我的殷殷叮咛与关爱：

亲爱的，你慢慢飞，小心前面带刺的玫瑰；

亲爱的，你张张嘴，风中花香会让你沉醉；

亲爱的，你跟我飞，穿过丛林去看小溪水；

亲爱的，来跳个舞，爱的春天不会有天黑。

你和我缠缠绵绵翩翩飞，飞越这红尘永相随，

追逐你一生，爱恋我千回，不辜负我的柔情你的美。

你和我缠缠绵绵翩翩飞，飞越这红尘永相随，

等到秋风起，秋叶落成堆，能陪你一起枯萎也无悔。

波密镇郊，已有六百多年历史的多东寺入山口，风马旗飘扬。

我随着CD 轻轻哼唱着，心中升起一股淡淡的孤寂感，离开家已经三星期了，忽然好想念文河，好想念两个孩子……

车上有一家三口，年轻的藏族妈妈一路和小孩玩得笑声不断，这情景很像我们在孩子小时，带着他们四处旅游一样，在小小的车内空间，常常充满着我和孩子的嬉笑声。手握方向盘的文河，不时会带着微笑回头看我们一眼，那是一种单纯到任何语言都不足以形容的幸福满溢感。

窗外雨停了，云雾在山峦间盘旋缭绕，这云岚让我想起文河当年写给我的一首诗：

曾经，
我乘着子夜的木筏荡在银河里飘泊无定，
繁星的落寂未曾留我停泊，
沉醉更时，
你从初升的弦月走来，
引我轻易锚碇，
流浪遂风化为爱恋的星索。
双手紧握住温暖，
轻轻掬月光穿针缝缀成透明的驿马，
归去云岚低回的远山。

就是这首诗，让我阅读到在他粗犷不羁外表下那颗细腻的心。

和文河相识于大学登山社，一起在台湾高山行走了好长一段时日，走过青山绿水，坐看月升日落。毕业后，从山道转到婚姻道，在四代同堂的生活中，文河总是鼓励我塑造自己的一方天地，以平衡柴米油盐酱醋茶的单调无趣。我常因太过追求形而上的哲理，以致深陷桎梏无法自拔，有时文河能理解，有时无法理解，但他总是恒常不变地支持我。

2000年，我留职停薪八个月，只为去寻找一个不确定的感觉；2002年辞去高薪工作，转换职场进入公益团体服务；2004年，离职转为纯义工；2005年的当前，独自来到藏区旅行，实现我的西藏梦……这一切，文河总是鼓励我，对我

公路沿着帕隆藏布江前行，路面有时和江面齐高，有时在山壁的半山腰。

说："只要你自己充分想清楚了，Just do it！"

我常在想，世间有多少丈夫能有这样大的气度？或许，从山道上转出来的人，才能拥有如大自然、如高山般的无尽包容。婚姻道上，能兼享"赏心有侣，咏志有知"，我真是何等幸运！

随着孩子成长，渐有他们自己的世界，我们不觉得是步入"空巢期"，反而庆幸又恢复初恋时期两人世界的甜蜜，向来就爱好户外活动的我们，兴致勃勃地尝试学习越野登山车、骑马、滑雪，假日游山玩水，旅行、摄影，不知老之将至。

吉普车再度停了下来，原来前方又逢修路，单向通车，这一路走走停停，不下二十个工程在进行，经过泥石流区、滑坡段、大塌方等，用"柔肠寸断"来形容这段路一点也不为过，可想而知，到了七八月雨季来临时，会是何等惨状！车

经过有"死亡路线"之称的通麦地段后，从通麦便桥越过帕隆藏布江，图中所见为通麦吊桥，因陈旧已禁止通行。

上藏民告诉我，目前这还算好呢，以前是三天两头坍方路断，修都无从修起，往来只能靠两条腿翻山越岭步行。

波密到八一之间，由于路况太差，几乎一年四季都在修路。

等待双边会车的时刻就是我下车拍照的好时机，我拿着相机越过泥泞的路面，来回找寻好景色。之前有段公路和江面齐高，这儿却是高悬的断崖峡谷，河流在谷底咆哮而过，山中林木因为刚下过雨而显得分外青翠，山谷对岸的山峰在烟云雨雾中忽隐忽现，一片虚无飘渺，如大幅泼墨山水国画。

波密镇多东寺的祈福玛尼堆。

车子再度上路，年轻妈妈怀抱着孩子倚靠着爸爸，一家三口睡得东倒西歪。这孩子看来只有三四岁，这对夫妻结婚可能没几年吧，算算我和文河结婚已经24年，快1/4个世纪了！ 结婚24年来，一直在现实生活中学习爱与成长，尤其这七八年来，文河的事业重心渐移往中国大陆地区，我们朝夕相处的时间骤减，我从刚开始的不适应、若有所失到学会放下，在不完美中学习着完美的生活，从此有了更大的余裕去发现自己再飞翔的方向，体悟到或许这就是中年夫妻的爱情——意味着自由与成长，而非牵扯与束缚。曾经在一本书上看到：“真正的爱包含了解与尊重、鼓励与奉献、信任与分享，彼此成为最好的朋友。”这样的“爱”，应该也是生活经历丰富的中年人才能体会得到。

年轻时我是“张爱玲迷”，背诵了不少她书中的句子，其中有一段：“真正的爱也许不是激情，只是年深岁久之后，逐渐成为你生活中的一部分。”也是在步入中年后，才恍然明白这段话的真意。

如今五十岁的我，已能真正体会三十年前恋爱时，文河告诉我的“一加一要大于二”的爱的箴言（也是婚姻美满的真谛），因此，在进入所谓空巢期的当前，彼此都能快乐自在地同时享有婚姻的美好与单身的自由。很多女性朋友表示羡慕我，其实我也做了很多努力，不断自我调整——包括现实生活及心态。回想这几年来，生命一直在转弯，这都是昔日的我所无法想象的，除了感谢冥冥中引导我的神圣力量，感谢文河与孩子给我的宽广空间与支持外，也要感谢我自己，因为我明白了一个简单的真理并努力实践——转变心念，世界就会跟着改变。

年岁迈过半百，青春不再，但生命的广度与深度逐渐累积，青山不碍白云飞的海阔天空，让我欢喜迎接老之将至。

整栋旧楼只有我一个房客

位于西藏东南的林芝地区，是中国第三大林区，西藏80%的森林集中于此，广袤的原始森林构成绮丽的自然风光，首府八一镇依傍着宽阔的尼洋河，清亮的河水流过沙洲、低矮的灌木与农田，景致迷人。这条源于米拉山的河流，藏名意思是“仙女的眼泪”，饶富诗意，引人遐想。

沿着尼洋河，我来到位于河流西侧布久乡山坡上的喇嘛岭寺，这是林芝地区最大最重要的藏传佛教场所，属于宁玛派，寺院主殿为三层楼阁，上覆金顶，呈现多角塔形状，各面墙体均以丰富的色彩装饰，风格独具，寺内的佛塑像则以释迦牟尼佛和莲花生大师为主。

来到主殿，跟随藏民脱鞋进入，一盏盏的酥油灯摇曳着，从寺顶垂挂而下的彩色经幡，为昏暗的寺内空间增添了几许神圣，寺庙正中是释迦牟尼佛庄严又慈悲的法相，一抬眼，和释迦牟尼佛的双眼接触个正着，他好像直直看进我灵魂的深处，在这样的氛围中，再看到四周众多虔诚的藏民，一个个此起彼落大礼拜不断，那往前仆倒的瞬间，仿佛有一股电流似的回旋不断往外扩散，一波波震荡得我全身热血沸腾，我也跟着往前仆倒，自然而然地做起大礼拜来。

大礼拜（磕长头）是藏族一种殊胜的礼敬诸佛菩萨的方式，前两天在波密镇古寺东久寺，看到虔诚的藏民做大礼拜，我就很想跟着做，可是右手臂自从年初摔伤后，便无法支撑大礼拜身体往前仆倒时的重量，最后作罢。

喇嘛岭寺主殿上覆金顶，呈现多角塔形状。

喇嘛岭寺为林芝地区最大的寺庙，来此转经的藏民络绎不绝。

眼前终于情不自禁做起大礼拜，虽然右手臂仍然会酸痛，动作不够利落圆满，但五体投地的那一刻，那长久以来深刻的感动仍然在每一寸肌肤中流窜……

在台湾时，曾多次参加农禅寺的拜忏法会，于法鼓山上的朝山，也曾参加藏传佛教举办的法会，每一回将自己全然放掉，松软地与脚下大地亲密接触时，其实不只是在对个人信仰的一种神圣的礼敬，还有磨锐气、降低自我重要性的圆融作用，尤其是当我五体投地匍匐在地面，身体和地面作最大面积接触的地一刹那，总有一股无形的力量从大地升起，穿透我的全身，唤醒谦卑心，让人虚怀若谷，让人对一切只有充满无尽的感恩。

“天无所不覆，地无所不载。”天与地对万事万物的无私和包容，也正是我在做大礼拜时深切感受到的。是的，我若不曾朝山，不曾做过大礼拜，不曾贴紧地面以额头叩地，那么我就永不会明白：和着大地母亲的呼吸与脉动，是什么样的一种滋味……

大礼拜做完，加入藏民行列，沿着喇嘛岭寺的外围转经，然后我停在煨桑炉旁，看着一批批藏民将一根根柏松树枝及其他香草叶子投入炉中。“煨桑”是西藏古老又普遍的习俗，“桑”的藏语指的就是“祭祀烟火”，空气中弥漫着天然的清香味。

带着盈满身心的佛香离开喇嘛岭寺，无车回镇上，便沿着公路徒步，春夏之交，路旁不知名的野花争相怒放，农民种植的油菜花也一片欣欣向荣，蝴蝶翩翩采蜜，今天阳光不强，云淡风清，走起路来颇有几分郊游踏青的逍遥。

回到有“雪域明珠”之称的八一镇，面对繁荣喧嚣的市街，对照寺庙氛围，恍如两个世界。八一镇是林芝县首府，原名“拉巴嘎”，1960年以前还是一个乱石遍地的荒凉河滩地，只有几十户人家，后来为纪念中国人民解放军对这里的建设贡献，改名为“八一”。今日的八一镇由各省出资援建而迅速发展起来，到处可看到如广东路、珠江路、福建路、厦门广场等以各地地名命名的街道。街上车水马龙，商场、酒楼、歌舞厅林立，甚至还有标榜贩卖“台湾珍珠奶茶”及“台湾香肠”的商店，称得上是一个崇山峻岭中的花花世界，“雪域明珠”的称呼是赞美还是讽刺？见仁见智吧！

透过煨桑的动作礼敬诸佛菩萨，并借由缭绕的烟雾将自己的祈愿送达天界。

住在网友推荐的康福源酒店旧楼，该酒店因为建了新楼，旅客住宿全移到新楼，旧楼一楼只剩服务台和商店，二楼改为餐厅，三楼改为一间间茶室，供本地客人包房间喝茶、打麻将，四楼西侧也是茶室，只有东侧保留作为房价便宜的普间房（内无卫浴设备）。

昨天下午登记住房时，柜台人员告诉我旧楼只住我一个房客。晚上十一点多准备就寝前，打算再上一次厕所，打开房门，没想到通道一片黑暗，我回头拿了手电筒，走到位于楼层中间的回旋楼梯，往下瞧，三楼和二楼也一片漆黑，只有一楼隐约有一丝灯光，大概是服务台的照明吧！上过厕所，再走回房间，房间

所在的东侧楼层可能是早期加盖的，地势比西侧高，须爬上几个楼梯，地面是木板，因为建筑年代久了，走起来会发出吱吱嘎嘎的声响，在黑暗中显得有点诡异。

睡到半夜，忽然床铺一阵猛烈摇晃，我从睡梦中惊醒，在黑暗中（我习惯关灯就寝）一下子搞不清楚状况，一边用手摸索着放在枕头旁的手电筒，一边莫名其妙想起电影《大法师》中的可怕情节——恶魔在摇晃床，打开手电筒，正好床也停止了摇晃，想打开房内电灯开关，却发现停电了。

春夏之际，油菜花一片欣欣向荣。

走到窗边，往外面马路瞧了一会，一片寂静，只有一两辆出租车驶过，看不出有任何异状，坐回床沿，想了一下，刚刚应该是地震吧，可是西藏有地震吗？好像没听说过，这种小摇晃，对经历过921大地震的台湾人而言，不过是轻微摇摇乐，只因为在睡梦中突如其来，刚刚才会被吓了一大跳。

今天早上向服务台求证，半夜真的是地震，所以停电了，我问：“为什么地震前，整个楼层也都没有灯？”

服务台向我道歉，解释可能是餐厅和茶室的服务人员不知道四楼有房客，夜间下班后就顺手把灯全关了，今天会提醒她们别关。

结果，历史重演，晚上十一点多我走出房间要上厕所，同样一片漆黑。不过，白天我已仔细找到了隐藏在一角的电源开关，我持着手电筒，走到开关处，“啪啪啪”地把所有的灯全打开了，整个四楼，从西侧到东侧刹那大放光明。

我站在那儿，面对一片光亮，心想：如果我是活在远古的人类，在那没电的时代，对黑夜虽然也会因未知而感到恐惧，但想必不会像现代人一样，习惯了有照明的夜晚后，对电灯的依赖性相对提高，再也回不到没电黑暗的日子。所以，文明虽然让人类在生活上更方便更进步，但在心灵上，应该是反而让人类退步了吧！

光亮使我们看见许多东西，也使我们看不见许多东西，若不是黑夜，我们便看不到天上闪亮的星光；若不是苦难，我们便不知道珍惜身边本就拥有的幸福。

我再一次“啪啪啪”地关掉所有的灯，只留下靠近厕所的一盏，上完厕所，慢慢走回房间，长廊通道一片漆黑，有点像世人在轮回中惶惶摸索，不知黑暗何时会结束或会通向何方？而佛法就像手电筒的光芒，依靠着它，就能走出一个希望。

楼层地板仍然在黑暗中吱吱嘎嘎响着……

春去春又来

很久很久以前，在翻阅中国湖泊图片时，让我最惊艳的便是四川九寨沟和西藏巴松措，碧绿色的湖水倒映着四周绝尘的蓊郁山林，山水似幻，浮光掠影，充满灵性意境。我告诉自己，有生之年一定要拜访这两个地方。

四年前的秋天去了九寨沟，“人在画中走，鱼在天上游，鸟在水中飞”的形容一点也不假，真的宛若人间仙境。而今来到了巴松措，湖泊虽然幽雅恬静，但周遭的度假村旅馆、商店、观光游艇，感觉却有几分世俗的杂乱。

巴松措是尼洋河最大支流巴河上游的一个高山湖，藏语意思是“绿色的湖水”，又叫措高湖（因湖畔有一村落名措高村），湖面海拔高3500多米，湖长15公里，是西藏东部最大的淡水堰塞湖，也是红教宁玛派的神湖，沿着湖边有小路可以转湖。

湖中有座小小的湖心岛，是古冰川时期遗留下来的大型“羊背石”，岛上有座小寺庙措宗寺，措宗即藏语“湖中城堡”的意思，由宁玛派高僧桑杰林巴于13世纪末年兴建，寺内供奉莲花生大师、未来佛、千手观音等，以前到湖心岛必须乘坐拉索的小船过去，现在已改成使用浮桥连接。

走过浮桥来到岛上，沿着小岛环绕一圈，寺庙南面有一棵桃树和松树缠绕并长的“连理树”，显现一种自然的和谐，挺特别的。还有一棵传说会长出神秘树叶的老树，叶片上会显现藏文字母，我蹲在地上一片一片落叶找了许久，却什么

也没发现。此外，岛上并无特殊景观。

倒是站在岸边凝视着清澈湖水和郁郁葱葱的山峦时，让我想起去年看过的一部韩国电影《春去春又来》，这部获得不少奖项的电影，背景便是位于幽然神秘的深山湖泊小岛上的一间古庙，片中景致如诗如画，四季分明，观赏电影就如同在欣赏一幅幅美丽的图画。

这部电影禅意浓厚，情节虽然简单，却深入浅出地传述了佛法的核心——诸行无常。片中对白不多，反而给了观众更宽广的想象空间，借由一年四季春夏秋冬轮回的意象，比喻人生不同的阶段，片中小男孩历经“童年、少年、中年、壮年、老年”五个阶段，以童年调皮、少年欲望、中年作孽、壮年忏悔、老年修行为主题，穿插爱恨情仇，借着故事让我们看到了生命的本质，人世的迁流变化，阐明一切事物都是因缘和合的现象，世间没有一件事物是永恒的，春去冬来，花

开花落，阴晴圆缺，悲欢离合，生老病死，“无常”的风不停地吹。就像《金刚经》说的：“一切有为法，如梦幻泡影，如露亦如电，应作如是观。”

世人在面对挫折、意外、天灾人祸时，几乎都会感慨地以“无常”来形容，其实佛教主张的“无常”，并非负面、悲观的，而是积极、乐观的。无常代表着“一切充满了无限的可能性”，若非无常，生命怎么可能产生？若非无常，痛苦怎么可能转化掉？若非无常，小孩怎么可能长大？一个人如果常常感到痛苦，原因不在一切“无常”，而是因为错以为一切永恒“常”。

昔日通往湖心岛时，乘坐拉索小船的渡口。

电影结尾，当四季春夏秋冬走过后，再加入了一段春天的故事，隐喻了人生还是充满光明与希望，为沉重的生命带来了延续的力量，也象征着生命的轮回，更和片名《春去春又来》有了前呼后应的关照。

电影让我感触最深的是：人人都想离苦得乐，但人人又一直自己在制造痛苦而不自知。学佛后，我明了这是因为人的五蕴不断在运作，佛法明白指出，我们自己才是造成痛苦的原因，问题出在自身当中而非外在。但这道理有多少人能真正理解？就算佛教徒也是

湖心岛上的小寺庙“措宗寺”，已有七百多年历史。

巴松措和湖心岛如镶嵌在群山中的一块碧玉，微波轻泛。

“知易行难”。

旅途中最能深切体会任何事物都是因缘和合而成，都是相对的和暂时的，没有一个可独立于其他现象而存在的本质。我明白，万物本质互相依存，相关的众多条件都具足了便产生“缘起”，有朝一日，原有的条件改变了，或其他不同的条件出现了，旧有的现象便消失——“缘灭”，同时再产生新的“缘起”。

这一路上，许多状况都不在我意料之内，但无论是好的或不好的缘起，我都珍惜它们，因为伴随在后的，常常会有更多源源不绝的“缘起”，只有在经历过后，才知道那都是冥冥之中必然的安排，每一个转折都有着它存在的意义。

湖面波光粼粼，电影中那和着木鱼声、旋律婉转的韩语《心经》，仿佛又在湖光山色中轻脆响起，只有二百六十字的《心经》，会背诵的人无数，能真正体

悟和实践的却不多……

正坐在湖边胡思乱想，恰好来了一小团队要包船游湖，我赶紧拜托领队让我加入，我依船租及人数平均分摊费用，领队爽快答应，船夫吩咐大家穿好救生衣，快艇便急速驶离码头。沿着巴松措四周岸边山区，分散着求子洞、藏经碑、消灾洞、禅师洞、格萨尔王试箭处等多处传说圣迹，我们包船三小时，只够前往求子洞和消灾洞。游湖时，天空云层渐厚，飘起毛毛雨，因为船速飞快，雨丝随风飘进开放式的船舱内，溅湿了每个人的脸庞，船行至湖中央，观湖角度改变，有了不同视野，比在岸边感觉好多了，巴松措如一大块碧玉镶嵌在高山环绕中，当前虽然没有阳光，但湖面仍泛着幽幽如丝绸般的神秘光泽，微波荡漾。

船夫断断续续导览介绍，并力荐大家务必找个秋天再来一趟，因为巴松措四周密布原始森林，植被和树种丰富，秋色如画。

说的也是，在四季分明的地区，山光湖泊的秋景最令人惊艳，光是五颜六色的山林变化，就能看得人目眩神迷。

一个人的一生若也分成春夏秋冬四个季节，来到中年，就好像走进生命的秋天。秋天是一年中最美的时候，大地铺满橙黄色的温暖，山林涂抹着五彩的灿烂，气候清爽温和，农作物成熟丰收……而人生的秋天呢？虽然青春如翠绿、灼热的夏天，已经过去了，但何必唏嘘？成熟、圆融的中年特质，就像温暖、丰收的秋天，拥有更多的包容、更多的智慧，足以从容自在地走向冬天。一次又一次的旅行，走过不同的季节，我已学会欣赏四季之美！

扎桑喇嘛

客运车在门巴村停下来，车上几个乘客全下车了，师傅熄了火，转头看到我还坐着不动，大声嚷嚷：

“终点站到啦！”

“这车不是到直贡梯寺吗？”

“没有，就到这里。”

客运站售票员明明告诉我直达寺院大门，朋友两个月前来时，也是搭到寺院门口，这会儿怎么又变了？抗议没用，背起背包下车，走到车门口，师傅把我叫住：“喂，你要到寺院，别走大路哦，走山路比较快，大路绕很远。”

我看了他一眼，根本是因为没乘客，他不想为我一人再开老远的路上山，所以坚称这里是终点站，心中对他有点不满，但面对他的提醒还是道了声谢谢。

直贡梯寺（或称直孔替寺）坐落于离拉萨约80公里的墨竹工卡县门巴乡山上，是直贡噶举派的祖庭，建于1179年，已有八百多年历史，因历来高僧倍出而闻名，密宗修行、大手印、破瓦法及天葬等也都极具特色。

扎桑喇嘛，摄于僧房门口。

站在村中往上仰望，寺庙位于村落后侧的悬崖峻岭上，从山腰到山顶错落分布着佛殿及僧房，气势不凡。我沿着陡峭山路往上爬，海拔四千多公尺，虽然气温不高，日正当中还是走得汗流浃背，沿路遇到不少觅食的牛羊，有些懒洋洋地躺在路中间打盹。爬到半途，找了块视野开阔的大石，我也学牛羊悠闲坐下来，俯瞰山谷景致。

谷地两旁夹峙着高耸的青山，民房散落在绿色田野间，公路傍着在阳光下闪烁光芒的河流，往谷外蜿蜒而去，这条河流名叫“雪绒河”，一路流向拉萨河，再注入雅鲁藏布江。

爬升了200米，来到海拔4500米高的大殿前广场，一群喇嘛正好从大殿鱼贯走出，每个人都对我投来好奇的一眼，我拦住几位从我身旁走过的喇嘛：“请问您会说普通话吗？”问了两三位后，终于有位喇嘛会说一些普通话。

旅程出发前，法鼓文化的惠敏师姐告诉我，多年前她在直贡梯寺皈依，若我旅行西藏时有机会前往直贡梯寺，可以找她师兄扎桑，他人非常好。当时由于我不确定是否会来直贡梯寺，未再进一步询问其他资料，只记得“扎桑”两字，我试着问这位会说普通话的喇嘛：“请问你们寺里有位叫扎桑的僧人吗？”

“有啊，我帮你找。”他对着旁边大群喇嘛大声说着藏话，只见每个人前前后后找着，一下子就簇拥出一位僧人来到我面前，他就是扎桑。第一眼看到他右眉毛上方的疤痕、两道粗黑的浓眉、一大一小的眼睛，还有看起来怪怪的眼球，

感觉长得有点凶悍，不会找错人吧？眼前这位僧人和我想象中的慈祥扎桑喇嘛不太符合，正在这样想着，心中随即有一声音响起：别以貌取人！

我先请会说普通话的僧人帮我用藏话问他，是否还记得多年前有一位台湾女孩在这儿皈依，他一听到台湾，重复着说“台湾”，同时点了好几个头。接着我再自我介绍是那位台湾女孩的朋友，听到这儿，扎桑喇嘛用手比划着，同时口中说了几句话，然后就自个儿往前走，会说普通话的喇嘛对我说：

“快啊，他叫你跟他去。”

“他会说普通话吗？若不会，我跟他去怎么沟通啊？”

“没事的，他会说一点。”随着扎桑喇嘛到他僧房（直贡梯寺每位僧人均独居一修行小屋），他先倒酥油茶请我喝，由于我不知道惠敏师姐藏名，他不知道惠敏师姐汉名，他从角落搬出一个上锁的大木箱，拿出一叠相片，一张张找着，终于找到几年前惠敏师姐和他的合照，经由相片确认我们讲的是同一个人后，彼此都很高兴。

扎桑喇嘛的僧房不大，隔成大小两间，外间是客厅兼厨房，家具简陋，屋角堆着几样快干枯的青菜，内间一面墙上有座佛龛，供奉着许多我不认识的神佛，另一边靠墙角有个简单的木板床，上面放着毯子和棉被。

扎桑喇嘛问我吃中饭没。刚刚下车，为了有体力爬山，虽然才11点多，我就先在小店吃了碗面。听到我吃过了，扎桑喇嘛先帮我斟满酥油茶，然后自行煮中餐，他吃得很简单，一碗面条加一小盘自制的腌渍酱菜，三两下就解决了。

在他极力推荐下，我尝了一小口酱菜，天呀！又酸又咸，他一脸企盼地问：“好吃吗？”不忍伤他心，我点头笑笑：“还不错，但我吃得很淡，这有点咸。”

饭后扎桑喇嘛带我参观寺院，全寺因为正在修建，到处摆满各式土石建材，不知是否为防外来的众多陌生工人，还是另有原因，每座大殿都重门深锁，必须

从直贡[illegible]河一路蜿蜒。

劳烦掌管钥匙的僧人前来开门，陪同我们进入。由于寺庙依傍山势而建，须爬上爬下楼梯，才能进出一座座大小不同的佛殿，幽暗的殿堂内，氛围安详宁谧，只有我们三人静静地、虔诚地礼佛，可惜怕耽搁掌管钥匙僧人的时间，无法在殿堂内多待，而且扎桑喇嘛只会说简单普通话，参观时，都是简略介绍一两句，我若进一步询问，就会出现鸡同鸭讲的对话。

三点半，扎桑喇嘛对我说他要去上英语课，叫我随便逛逛。“上英语课？”我以为听错了，他拿出课本，真的是藏英对照的初级英文会话本，原来是常有外国旅客前来参观，寺方为提高僧人水准，特地聘请老师教导资深僧人基础会话。

我自个儿慢慢走往位于后山的天葬台，途中遇到好几个挑水泥、石块的男女工人，有的年纪很轻，看到我的相机很好奇，摆出各种姿势让我拍照，然后大家头凑在一起，争先恐后观看视窗内的影像，笑得乐不可支。

黄昏时，我从天葬台回到大殿前广场，上完课的喇嘛零零散散站着聊天，我找到扎桑喇嘛，他说等一下要诵经，不能离开，我拿出要留给他的药品，找了位普通话比较好的喇嘛，逐样将药名、功效及吃法用藏文写在药袋上，并请扎桑喇嘛复述一遍，确定他都明白为止。

夕阳光线很柔和，我举起相机拍照，一些喇嘛对着相机起哄，七嘴八舌，唯独有位个头矮胖的喇嘛，双手环抱在胸前，隔着一点距离，从刚才到现在，莫测高深，径自微笑看着我们，我低声问扎

扎桑喇嘛（左）和“法王”。

桑喇嘛：

“那个人是谁？为什么一直笑着看我们？”

扎桑喇嘛不晓得是不是没听懂，笑笑没说话，旁边喇嘛回答：“他是法王啊！”旁边几位僧人笑成一团。

“法王？什么意思？”

“就是法力无边嘛！”笑声更大了，其中有位喇嘛比较正经地小声对我说：“他修行修得头脑有点……所以外号叫‘法王’。”他用手势比了个“阿达”。

有人起哄要“法王”和扎桑喇嘛合照，“法王”被大家推挤过来，还是没说话，只是笑意加深，我从观景窗望出去，夕阳从右侧柔和地笼罩着笑得一脸灿烂的两人，背后是连绵的高峰，我的视线停留在法王脸上，修行修到头脑阿达？不像啊，除了不开口说话以及一直维持双手抱胸姿势有点奇怪外，他看起来甚至比周遭这些嬉笑的僧人还显得安详，还比较像修行者呢！

六点半，一位老喇嘛带领约五十位喇嘛在大殿外席地而坐诵经，我远远坐着倾听，没有法器，他们却驾轻就熟，不用看经文，何时该停何时该加入，此起彼落，抑扬顿挫，像是个有好几声部的合唱团，诵经声随着晚风绵延在山谷间，内容虽然听不懂，但感觉旋律那样熟悉，我宛如婴儿聆听着母亲哼唱摇篮曲。

晚餐本想请扎桑喇嘛到寺院对外营业的食堂用餐，方

直贡梯寺已有八百多年历史，以密宗修行、大手印、破瓦法及天葬闻名。

知他过午不食，为免麻烦他，我泡了方便面当晚餐，吃饱后，时间还早，两人对坐喝酥油茶，长长夜晚总不能一直相对无言吧？但是扎桑喇嘛只会一点点普通话，而我只会几句藏语，要如何聊天？解决方法是扎桑喇嘛翻着他的英文会话课本，我翻着出发前抄在笔记本上的一些藏语日常会话，各自找到要问的，然后拿给对方看或照着读给对方听，回答时再加上手势动作，就这样断断续续，居然也聊了快两个小时。

就寝时，扎桑喇嘛坚持把床位让给我，他睡客厅，棉被套是他下午特地洗的，还带着酥暖的阳光味，我拿起毛毯要给他，他摇头，重复着说："晚上，很冷，很冷。"比划着要我盖棉被加上毛毯。

门掩上后，我在床上打坐，我送扎桑喇嘛的释迦牟尼佛薄铜片法照就放在佛龛上。外间传来低低的诵经声，是扎桑喇嘛在做晚课吧！刚刚聊天才知道，外表一脸风霜有点苍老的他才三十三岁，家境贫穷，身体不太好，过午不食，不吃肉。他很孝顺，每年春秋农忙时期都向寺庙请假回老家帮忙播种和收割，虽然生活困苦，但他求道修行的心却很坚定。

我对着佛龛向诸佛菩萨祈请，愿扎桑喇嘛一切圆满吉祥！

日光城的美丽与哀愁

每一个初次来到日光城的旅人，先是满怀莫名的兴奋与期待而来，随即是微微的失望兴起，因为拉萨在某些经营中，已慢慢走样。但是，若能在城中待上一段较长的时间，则又会在世俗与宗教、喧嚣与安谧、观光客与满身酥油味的藏民交错中，穿越浮光掠影的表象，慢慢看到有些不变的东西依然存在。

于是，就能体谅这个城市，生存不是一件容易的事；于是，就能静静地品味，属于拉萨城独有的美丽与哀愁……

年日照时数超过三千小时，素有“日光城”之称的拉萨，是藏民心目中的圣城，四周山峰环绕，宛如天然的屏障，拉萨河从南边自东往西流过，千百年来，在终年炽热灿烂的阳光下，拱卫着日光城，冲积出肥沃的拉萨平原。

大昭寺金顶一隅。

无法想象，拉萨这座具有1300多年历史的古城是建立在一片湖水之上。6世纪，拉萨还是一处水草丰美的大牧场，藏语称“吉雪卧塘”，“吉雪”指拉萨河一带，最早拉萨河藏语叫“吉曲”，意思是“快乐河”，后来才改称拉萨河。“卧”是藏语“卧玛”牛奶的简称，“塘”指平原，整句指“拉萨河一带溢满牛奶的平原”。平原的中心位置就是“卧塘湖”，周围环绕着湿地和沼泽。

唐朝文成公主入藏时，卜算得知雪域西藏恰如一个魔女仰卧之相，“卧塘湖”正是魔女的心脏位置，湖水乃魔女心血的汇集，必须在湖上兴建寺庙才能镇压，于是召来一千头白山羊驮土填湖奠基，兴建了大昭寺。当初该寺被命名为“惹萨”，藏语“惹”指山羊，“萨”指地方，意即“山羊驮土所建之地”，后来才改名为众所周知的“大昭寺”，而西藏首府“拉萨”的地名，也是“惹萨”的变音。

传说在大昭寺完工时，白山羊隐入墙角消失，不久后，它的形体慢慢从墙上显露，愈来愈突出。今日，在大昭寺西南角的一座小神殿里，便供奉着这劳苦功高的石山羊，它的胡须微微上翘，眼睛圆溜溜的，十分传神。

同样有1300多年历史的大昭寺，是西藏现存最辉煌的吐蕃时期建筑，也是西藏第一座仿唐式汉藏结合木结构建筑，同时也吸收了尼泊尔和印度的建筑艺术特色，和布达拉宫同被列入联合国“世界文化遗产”名录。

新华书店

从大昭寺金顶西望，透过煨桑烟雾，仍可清楚看到不远处的布达拉宫（右）及药王山（左）。

这座由松赞干布、唐文成公主和尼泊尔赤尊公主兴建的古老寺庙，内有众多佛殿，统摄苯教、格鲁、宁玛、萨迦、格举等西藏五大教派。有人形容，若是将布达拉宫比喻为西藏的面孔，那么，大昭寺就是西藏的灵魂，寺中主要供奉文成公主入藏时带来的释迦牟尼佛十二岁等身像（藏语称Jowo，汉语称觉悟佛），是藏民心目中最至高无上的神佛。

至于布达拉宫呢？虽然部分拉萨市民无奈地说，它早已不再是藏族的布达拉宫，而是游客的布达拉宫，但在灿烂的阳光下，无论从哪一个角度往上仰看它那赭色与白色的外墙体，它仍静静散发着肃穆的氛围，传递出神圣、永恒的庄严。

布达拉宫建在“玛布日”（红山）之上，传说松赞干布来到红山时，山体显现《六字真言》的幻影，他立即沐浴净身，凿开一个不大的山洞，做为他的修行地，这就是今日的“法王洞”，后来在红山上修建宫殿居住，一百年后的盛夏夜晚，宫殿不幸被雷电击中，在烈火中成为灰烬，只留下狭小的“法王洞”和松赞干布的本尊佛殿“帕巴拉康”。17世纪，五世达赖喇嘛在红山旧址重建宏伟的宫殿，称为“布达拉宫”，“布达拉”是梵语佛教圣地普陀罗的音译，此后，这里便成为达赖喇嘛的冬宫及西藏政治和宗教的中心。

布达拉宫分为两大部分，白宫是达赖喇嘛处理政务和生活起居之处，红宫主要用于宗教活动，主体包括历代达赖喇嘛灵塔和佛殿。从布达拉宫前广场仰望，这座号称有着999间房间的大宫殿，由低至高，层层迭迭，白宫呈凹字形，红宫居中，结构紧凑，鳞次节比，主楼高一百多米，全部是土石木结构，是当今世界上海拔最高、规模最大的宫殿建筑，艺术表现与宗教意义齐高。

走进小巷中，常可看到富有藏式风味的美丽窗台。

位于八廓街的藏式餐厅“玛吉阿米”，曾是六世达赖喇嘛吟诗、会情人之处。

虔诚的藏民从千里之外的家乡迢迢而来，朝拜着大昭寺、小昭寺、布达拉宫、药王山千佛崖等城中圣迹，转经“囊廓”、“帕廓”、“林廓”，对朝圣的

布达拉宫与龙王潭。

藏民而言，无论走在拉萨城内的任何一处，无论是土路还是柏油路，感觉都像走在天堂，圣城拉萨仿佛能渗透出一种巨大的能量，使每个远道前来朝圣的藏民都能轻易接收到佛菩萨加持的巨大力量。

走在今日的拉萨街头，除了金发碧眼的外国人已成为拉萨一景外，三步一家的四川餐馆更令人吃惊！许多人私下称拉萨为“小四川”，我有几次搭出租车的经验，师傅几乎都是四川人，问他们拉萨到底有多少四川人，他们都说估计十多万，而全西藏自治区的人口也不到百万。

20世纪上半叶，全西藏没有一里公路，没有一辆汽车，交通运输全靠肩背和牲畜驮运。如今，青藏铁路即将通车直达拉萨，从此路不再遥远，山不再高峻，势必将涌进更多的内地移民，还有每年等比增加的游客。1986年西藏旅游局成立，一些涉外旅游饭店陆续开业，当年游客只有三万人，到2004年底，游客已突破百万人次。今后的拉萨城，要如何自处？ 大昭寺仍然是藏民的信仰中心，所在地的旧城区，也是拉萨城藏味最浓的所在，走在“冲赛康”传统市场附近的小巷

弄中，连空气都带着西藏独有的香浓酥油茶味。

大昭寺广场及围绕着大昭寺的八廓街，是藏民和游客最喜流连之处，随时随地都可以看到大群人坐在空地晒太阳。《西藏行知书》如此形容拉萨：“拉萨是一个让人愿意像狗一样，懒洋洋地静躺在阳光下，挥霍生命的地方！”这样的形容很贴切，拉萨，尤其是旧城区，的确就是这样一个地方。

拉萨街上到处可见转经的藏族老妇。

每个从大昭寺礼佛出来的藏民，都充满欢欣。

在这些整天晒太阳，啥事也不做的人群中，有许多是来自各地的旅行者，据说不少都是怀有心事的人，从自己的城市躲到这儿来，因为中国没有一个城市可以像拉萨这样慵懒这样宽容，或许是因为氧气稀薄，每个人的步调都缓慢得很，当你拖着懒散的脚步在城中各个角落闲闲走着，蓝天之上悬挂着圣洁的云朵，你高兴从清晨散步到天黑也罢，或者就只是坐着晒太阳，从日出发呆到日落也罢，都随你。

拉萨，总是向每一个走入它怀中的人说Yes，就连那满街无所不在的乞丐，也都在这片佛光普照的圣地里，找到了安身之处！

用身体 丈量大地

前后在拉萨待了十天，住宿在老城区藏医院路的藏式家庭旅馆“龙达觉萨”，这家旅馆格局小巧，闹中取静，出门拐个弯没多远就是大昭寺和八廓街，方便随时前往转经。

八廓街一带是拉萨藏味最浓之处，当市区其他街道兴起一栋栋新式楼房，只有这一带，依旧僻巷曲径，藏式传统民房依傍着大昭古寺，经幡与桑烟飘扬，独特的环形格局，使得走进八廓街的每个人，都会不由自主朝着同一方向迈步，连来这里购物的游客，也会在不知不觉中随波逐流转经一圈。

有人形容八廓街就像一幅现代的《清明上河图》，在长约1.5公里的环形街道上，藏式饰品、尼泊尔风味饰品、宗教器物、古董、唐卡、经幡、藏式服装……以划一的摊位形式，分散在路的两旁，摊位后面是商店，中间空道则挤满转经信徒、磕长头朝圣者、游客、乞丐，人流如织，叫卖声不绝于耳，古老的节奏混合了商业交易，宗教与世俗交织天成。

实际上，八廓街就是一条围着大昭寺外围的转经路，“转经”是藏地特有的宗教仪式，简单说就是围绕着圣迹，以顺时针方向转圈，同时手中也顺时针转着内装经文的转经筒，口中诵着《六字真言》或其他藏咒。至于转经的目标呢，小至一座佛塔、一个玛尼堆、一座寺庙，大至一座神山、一汪圣湖。

以大昭寺为中心，拉萨有三条长短不一的转经路线，内转藏语称“囊廓”，

以大昭寺为中心，环绕着大昭寺四周的环形街道便是著名的八廓街。

围绕着寺内的转经回廊转；中转藏语称“帕廓”，围绕着寺四周转八廓街；外转藏语称“林廓”，围绕着布达拉宫、小昭寺、大昭寺和药王山为中心的区域转，每日清晨和黄昏，转“囊廓”和“帕廓”的人最多，右手摇着转经筒，左手拨动着佛珠，口中喃喃诵经，摩肩接踵，形成一条河流似的人流。

抵拉萨后的隔天，七点多我来到大昭寺，随着转经潮流顺时钟往前走，八廓街两旁商店及摊位还没营业，满街单纯都是转经人，男女老少僧侣民众，形形色色，还有牵着小狗、拄着拐杖、推着轮椅的，并有不少人以磕长头方式转经。

磕长头（俗称大礼拜）是藏民礼敬诸佛的一种方式，动作类似“五体投地”。通常他们身前会系着以牦牛皮制成的围裙，手戴护具，膝绑护膝，手护具大都是厚布套或木制手套，有些穷藏民什么都没有，一切以厚纸板代替，厚纸板磨得斑驳破烂了，他们的动作却丝毫不打折扣。

若是木制手套，掌心部位会钉上一块铁皮，相击时发出“啪”的轻脆声响，随着口中诵咒，第一声“啪”双手高举过头顶合十相击，第二声“啪”在额前合十相击，第三声“啪”在胸前合十相击，然后掌心朝下，往前仆倒于地，整个身体匍匐地面，和大地作最大面积的接触，同时，双手在头前方合十，然后起身，往前走到仆倒时手掌顶端位置（有些是随着三击掌往前走三步），接着重复整个

清晨与黄昏，于大昭寺内转经的藏民。

动作。

每回走过这些磕长头的朝圣者身旁，总忍不住驻足，他们大都蓬头垢面，肤色黝黑，衣衫褴褛，散乱的头发披垂着，额头和鼻头因长期碰触地面，形成黑疤或硬皮茧，有些甚至在满布风霜、皱纹像树皮般的额头，形成令人触目惊心的肉瘤。他们都是从数千公里外的家乡，一路磕长头，用自己的身体丈量家乡到圣城的大地，走了一两年才抵达拉萨，中间若遇河流不得不涉水或搭船而过，他们会目测河流宽度，过河后，在岸边原地磕长头，补足河面距离，绝不取巧偷懒。

注视着他们，有的精神抖擞，双手往前滑出时“刷——”一声，动作利落；有的感觉得出已经筋疲力竭，每个动作分解进行，缺乏力道，好几次，仆倒在地面时，停滞不动，我正担心他是否爬不起来了，很想过去扶他一把，却又看到他缓缓动了，疲惫的眼睛中闪烁着朝圣即将完成的喜悦。

住在拉萨时，有天半夜雨势滂沱，清晨雨停了，我往大昭寺转经，四周山峦一夜之间全白了头——山上下雪了。走到八廓街，部分地面积水，转经人都绕道而行，唯独磕长头者，只是在身前加绑一块防水塑胶布，照样往地面仆倒，霎时水珠往四周飞溅。

朝圣过程历尽艰辛，尤其是转积雪的神山，不少年老体弱的朝圣者会不幸死

于青石铺地的大昭寺前磕长头的民众，此起彼落，五体投地礼佛。

于途中，但只要是死在朝圣路上，他们毫不后悔，还觉得是一种幸福与荣耀。

这种单纯而虔诚的信仰与坚持到底的毅力，让人自叹不如。朝圣的崇高境界丰富了他们单纯的生命（也许是苦难的生命），使本来是普普通通的一介牧民或农民，产生一种超越的力量，渺小的生命升华了，显现出伟大的崇高精神，不自觉散发出神圣的光芒。

当朝圣者终于完成千里磕长头，进入大昭寺对着释迦牟尼佛膜拜时，佛陀想必微笑回报以无尽的慈悲，赐福给每一个虔诚匍匐在跟前的朝圣者。于是，历尽风霜的朝圣者心满意足，无怨无悔地返回家乡，与乡亲分享朝圣光耀，继续过着简单、困苦的生活。体力允许的话，就继续策划下一回的朝圣，重回拉萨或前往神山圣湖。

这个民族能世世代代在这雪域高原坚强生存下来的力量，应该有不少是来自朝圣过程中产生的一种神圣信念吧！

除了长途磕长头的朝圣者外，青石铺地的大昭寺门前，也有无数原地磕长头的信众，他们在地面铺上一块长厚垫，一遍又一遍磕长头，就像相信一生至少要来拉萨圣城朝圣一次一样，绝大多数的藏民也相信，每个人的一生至少应该磕十万次等身长头，这是修持佛法的基础。

磕长头的朝圣者，匍匐在地，虔诚而专注，对走过身旁的民众视若无睹。

磕长头讲究的是“身口意”合一，五体投地时是“身”敬，口中持咒是“口”敬，心中忆念佛是“意”敬，当我站在大昭寺金顶，往下望着此起彼落的磕长头动作，想起汉传佛教的拜忏法会，拜忏和磕长头都可以清净人格，释放“我执”，显现自性中的佛性。

圣严师父说过，拜忏能让自己的心转变，变得更柔软、更安定、更稳定，因为这种转变，开始对身边的亲人、朋友乃至于不认识的人更好，让别人因你的转变而受益，这才是拜忏真正的功德。

记得几年前，首次参加农禅寺梁皇宝忏法会，农禅寺的法师开示：我们一般

大昭寺屋檐下金碧辉煌的雕饰。

对于自己的身体，都会定期做健康检查，可是却往往忽略了心灵也要做健康检查；佛法的拜忏，就是一种心灵的健康检查。那次拜忏，随着经文唱诵，拜倒的一瞬间，泪水成串流下。事后，我仔细揣摩当时心情，问自己为什么流泪？并非伤心难过，而是情不自禁，像一个迷路的孩子，找到了家，看到慈母；又好像身心尘垢被拂拭清净，一点一点更接近自己，体会到心的清明，无限欢喜；同时又为以往的无知而生起感叹，就在这种种悲喜交集中激荡出波涛，自然而然从内心化为泪水往外泉涌流露。

藏民这磕长头的动作，也让我想起年老的父母亲。去年，因为一位佛学老师的话："佛教徒无论走到那里，看到佛菩萨就会问讯、磕头，但常常忽略了家中就有两尊老菩萨——父母。"心中大为震撼，于是在生日那天，特地回娘家，请父母上座，我跪在地上对着他们扎扎实实地磕了响头，感谢他们生我、养我、育我，才有今日的我！快八十岁的父亲口中喃喃："按呢是铳啥米，甭按呢，甭按呢。（台语）"但眼中闪着泪光，微微笑着。而多年前因为脑出血昏迷伤了脑部的母亲，从头到尾更是笑得合不拢嘴，她虽然说不清楚，但想必也明白磕头的意义。

身口意敬佛法僧，身口意敬父母，身口意敬芸芸众生，即使这一世我们是错身而过的陌生人，但在无数劫的过去生，都有可能曾经是最亲密的人，愿我能时时忆念及此，而能对所有识与不识的人，都以最大的慈悲心对待！

蓝天下的毛坑

“天上有太阳、月亮、星星，地上有甘丹、哲蚌、色拉”，这是形容格鲁派道场的谚语，格鲁派是藏传佛教集大成的代表教派，有这样媲美日月星辰的谚语，不足为奇。

1409年藏历新年，格鲁派创始人宗喀巴集结不同教派僧众八千多人，于拉萨大昭寺举行规模盛大的祈愿大法会，以纪念佛祖释迦牟尼。隔年二月，甘丹寺落成，一般都将祈愿大法会的创办和甘丹寺的落成视为藏传佛教格鲁派正式形成气候的标志。

位于拉萨河南岸旺古尔山岭的甘丹寺，藏语意思是“受乐知足”，海拔3800米，是拉萨三大寺中最早兴建的一所，由宗喀巴亲自主持兴建，也是宗喀巴升座及圆寂之处，宗教地位在格鲁派各寺中居首席，与后来兴建的哲蚌寺、色拉寺合称拉萨三大寺，再加上位于日喀则的扎什伦布寺（班禅喇嘛驻锡处），合称格鲁派最主要的四座道场。而作为根本道场的甘丹寺，因文化大革命惨遭浩劫，几近全毁，前几年才重新整建，目前以哲蚌寺和扎什伦布寺最具代表。

从大昭寺广场搭朝圣专车，走国道318线（即川藏公路），一个多小时后离开公路弯进山谷土路，没多久车子开始“之”字形爬升，谷中村落逐渐渺小，几个大转弯后，甘丹寺一览无遗出现在不远处的山坡，高高低低分布着。

客车停在寺院外的大型停车场，前后有三辆中巴车，还有几辆吉普车，看来

朝圣者不少。土路往前走就是寺院外大门，一位喇嘛把关售票，他用不太标准的普通话对我说：“外国人四十五元，你，三十五元。”我接过票，票面印着全票四十五元，我笑着问他：“藏民呢？不用钱？！”他也笑笑望着我没回答。

从大殿望出去，几位喇嘛面向山谷热烈讨论着佛法。

离开人群，我先爬上寺院左侧鞍部（两山棱线间的最低点），鞍部一边通往寺院，一边通往挂满风马旗的另一座山峰，越过鞍部，山路继续往前，不知是否通到另一侧谷地？甘丹寺所在的这旺古尔山岭，一枝独秀于四周河谷平原之上，视野无限宽敞，难怪宗喀巴以此为根本道场，并在寺后山洞闭关修行。

手拿酥油（添酥油灯用），快乐朝圣的一群藏民。

新寺院后侧接近山顶处，散落着旧寺庙的断垣残壁，杂草丛生，成为鸽子住所。这座五百多年历史的古寺，就这样轻易毁于文革，当下想象都觉触目惊心，对历经那场文化浩劫的寺中僧侣而言，想必更是一场恶梦。

逛着逛着，经过一些低矮的破旧屋舍，本以为是废弃的旧寺院遗迹，却隐隐传出低沉的诵经声，原来是僧房，这仿佛“颜回居陋室，一箪食，一瓢饮，人不堪其忧，回也不改其乐……”修行之苦与乐，应当也是“如人饮水，冷暖自知”。

走到一栋看来已荒废的房屋外侧一角，意外看到有一露天毛坑，周围砌着约半人高的土墙，毛坑另一边紧临着山崖，眼看四下无人，正好方便。才要走进去，一抬头，看到对面不远的屋顶上，赫然站着一位僧人，视线望向远方山峦，是在冥想还是持咒？他一副专注神情，虽然没注意我这儿，但居高临下，只要他视线稍微一移，我就会“春光外泄”，年纪半百，脸皮虽已够厚，但还是会害羞，我只好先假装站在山崖边欣赏山谷景致，等待他离开，过了一会儿，转头一看，他还是一动也不动，实在“内急”，只好开口：“扎西德勒（意为“吉祥如意”，用于见面打招呼、道别、恭贺等场合），请问可以帮您拍张照吗？”边说边拿起相机比画着，他微微一笑点头，视线望向我的相机，照完相，谢过他，没想到他还是不动如山，又继续望向远方，不得已，只好明说：“请问这，可以使用吗？”我指着毛坑，他点头，终于恍然大悟了，嘴角带着笑，转身离开屋顶。

我如释重负，把背包和相机放在地上，赶紧进入毛坑解放，踏入后才发现毛坑因为紧临山崖，往下斜向山坡挖了深洞，由于底部高深悬空，方便起来有种奇异的感觉，听不见“大珠小珠

落玉盘”的声响，闻不到“五味杂陈”的味道，直泄无底深渊的同时，还有轻微的凉风吹拂进来，比起之前上过的毛坑，这儿简直是“五星级”。

甘丹寺一隅，写着历史沧桑的斑驳围墙。

身上那块平日最难得晒到阳光及吹到自然山风的肌肤，这会儿舒坦地裸露在广阔的天空之下，我肆意享受着，久久才不舍地离开。

下午要返回拉萨前，在靠近停车场的公用厕所再度方便，这下就享受不到五星级露天毛坑的待遇了，恢复之前上厕所的经验。不过，我已习以为常，就把它当作又是一次练习“不净观”（佛教用于观想人的身体充满屎、尿、汗、唾等肮脏物，以减少贪爱执著）的机会。

“方便”是在大陆地区，尤其是边疆旅行时最大的问题，但其实也是最小的问题，只要你能“放开”自己。

藏地旅行，若行车于荒郊野外，师傅自己需要解放时便会停车，只要师傅一停车，车上乘客通常会跟着下车，其他时候，如果个人有需求，只要大喊一声：“师傅，停一下车吧！”师傅就会善解人意地找个树丛或土堆多些的路旁停车，下车后，男女乘客通常也会很有默契，自动往不同方向散开。

天涯若比邻

这趟旅行，因为时间长，为了和家人保持联系，并让向往西藏的朋友能在第一时间分享我沿途见闻，特地带了notebook。出发前看旅游资料，记载几个大城镇都能电话拨接上网，只是速度慢，没想到一路行来，发现大城镇都已改成宽带上网，进步神速，不知该喜还是该忧？

拉萨市区网吧不少，来到朋友推荐的“碧海晴天”，一小时才三元人民币，我因为自带电脑，技术人员让我坐在角落接线路，位置正好可将整个网吧尽纳眼底，屋内空间看来将近两百平米，几乎客满，全都是年轻人上线玩游戏。

上线后，依惯例先开skype和家人联络，文河不在线上，前阵子忙着准备毕业考试很少上网的大儿子正好在线上，拨通skype，原来毕业考试已告一段落，拥有攀岩执照的他从宿舍搬回家中，在北投攀岩中心打工。母子俩聊了一会儿，在加拿大读ESL课程即将进入大学的小儿子也上线了，我结束和大

儿子通话，改和小儿子skype连线。

小儿子先问前几天他寄的E-mail我收到了吗？我说这几天没上网，还没开信箱，当他知道我已抵达拉萨，好奇地问了许多这里的情形。虽然隔着重洋，母子俩就像面对面一样亲近，他关心我一个人旅行及在高原上的适应问题，我关心他在异国的生活起居与学习状况，彼此加油鼓励。

两个孩子是我的宝，虽然在校成绩都非名列前茅，但心地善良，有人缘，充满活力，挫折容忍力也不低，更重要的是两人在生活上都很独立。孩子小时，因为四代同堂，我曾视爱如此沉重，有时甚至觉得爱是一种负担，后来才了解，真正的爱没有重量，更不是负担，而是一种无止尽的关怀与不求回报的付出，当你真心希望所爱的人快乐幸福，不再计较，自己内心也会获得相等的回报。

转念间放下，刹那海阔天空，我在老大读小四、老二读小一时，开始每年独自出国自助旅行两三星期，那时我们已另组小家庭，兄弟俩相偕上学、读书、写功课，甚至自己煮饭洗衣，都不太需要工作忙碌的爸爸操心。那时同样为人母的朋友非常羡慕我，表面总是开玩笑：“你这个妈妈太自私了吧，把小孩丢着自己出国玩！”我微笑以对，其实是她们太过保护小孩及自己放不开。

岁月如梭，兄弟俩早已长得又高又挺，有位朋友赞美他们是“阳光男孩”，我喜欢“阳光”这个词儿，温暖舒坦，还散发着酥松香浓的味道，耐人咀嚼。

而我自己呢，或许也可以称为“阳光妈妈”吧！老大就读高中时，有回我对着镜子梳头发，发现白头发又多了几根，直觉反应：“唉，白头发和皱纹愈来愈多，真是岁月不饶人啊！”他安慰我：“妈，皮肤起皱纹没关系，灵魂不要起皱纹就好了。”我没听懂，追问：“什么意思？”他不疾不徐地回答：“灵魂起皱纹就是失去对生命、对生活的热情啊！”

我想，我这个妈也没有让他失望，我一直保有对生命的热情，勇敢地走在自己的路上。

寄出和朋友分享的旅行心得及照片后，打开信箱收E-mail，小儿子写着：

妈，你旅行到那儿了？前几天跟homestay的home爸、home妈聊天，我跟他们说你去了西藏Tibet，他们都知道，也知道拉萨，他们说那儿很漂亮，也很想去那儿旅行。希望你在西藏旅游，一切顺利，也希望你能把你喜欢的西藏文化都一一了解、拜访，还可以认识很多西藏朋友！像我在这就认识了不同国家的朋友……

信箱内还有不少朋友寄来的E-mail，因为我连着几天没上网，他们在我信箱留下问候，有的还半开玩笑：“又流浪到哪儿去了？可别忘了寄照片和心情故事回来啊！”

也有虔信藏传佛教的朋友在E-mail中与我分享莲花生大师的法教：“当你在行走时，观想你的上师在你的头顶，而你的心间端坐着你的菩萨，龙天护法们则围绕在你的四周。也因为我时时作此观想，旅行即使行经任何险境，也无惧。”

上回分享了天葬台的照片与心情后，大学学姐留言：“照片中的你，站在群峰前，真是意气风发啊！”我给她回话：

山峦景观辽阔，让我看似意气风发，但当时的感觉是很谦卑的，人世间有多少的不公平，唯有死亡是最公平的。站在天葬台旁，闭上眼，想象人的一生走马灯一般转过，最后的一刻还能宽容地以肉身利益兀鹫，这和中国人传统想法坚持全尸土葬，是何等不同！……这笔其实愈写愈有点提不太起来，很多更深层的体验（感触），一下子理不清楚，有时甚至觉得自己何必多事，一切无言，或许是最佳的选择。

学姐再次给我留言：

我知道你的意思。写出来还是只有片面，不是你最完整的想法或感觉，但是我们读者会用心体会。

我知道你当时是在天葬场旁边。在群山的面前，我们卑微的存在会反射出山的重量，或许“意气风发”的是亘古长存的山岭。比起山，我们的生命很短暂，可是生命会延续。天葬场象征着生死之间的界线是多么自然，自然到几乎感觉不到界线。

感谢科技，还有你的毅力，让我们能随时跟上你的脚步，随你随缘走西藏。行脚已经超过一个月了，其中必定有许多“不足为外人道”的辛苦。加油！

几个在自助旅行网站神交的西藏迷，这会儿一前一后都在藏地旅行，也互相通过网路交换最新的各种资料，现代科技的无远弗届，此际最能令人甘拜下风。

读着一封一封E-mail，忽然看到一封令我震惊的E-mail，朋友告诉我印顺导师往生了；另一封E-mail是加州朋友转寄圣严师父的一篇文章，他说看了后感触很多！

师父文中一开始写着：

昨天，台湾有两个场景形成耐人寻味的对照。

一是佛教界精神领袖印顺导师的遗体，由弟子证严法师一路护灵回到新竹福严精舍后，举行圆寂法会；信众云集，夹道念诵，庄严肃穆。一是任务型“国代”在阳明山中山楼集会，几番扰攘，终究通过了修宪案；但群丑乱舞的山中传奇，却又一次令国人瞠目结舌。

接着，圣严师父扼要描述被公认为台湾现代佛教创始人的印顺导师，其对当

建筑古老的木如寺，如今成为“拉萨印经院”。

今佛教界一些高僧大德的启发与提携，台湾佛教道场包括慈济功德会、佛光山、法鼓山等的弘法与实践，均与印顺导师所阐扬的“人间佛教”信念息息相关。法鼓山所推动的“人间净土”、“心灵环保”等理念，皆出于印顺导师的启迪。

师父又说：已成佛门表率，信徒遍及全球，毕生清俭的印顺导师，直到圆寂时仍谦冲为怀，其自传更以“平凡的一生”为题，展现平凡中的伟大。

啊，一位佛教界大德长老离开了人世，信众默哀，显现虔敬的情怀，连远在大陆边陲的我，都能隔山隔海感受那一份唏嘘！

带着印老辞世的消息走出网吧，有点落寞，阳光白花花的，仿佛隔世。

心中还记着师父文中所言：“印顺导师终身倡导人间佛教，其高洁的志业、宏伟的悲愿、辛勤的传道，不知造福多少芸芸众生！”一抬头，看到斜对面古老建筑木如寺，该寺曾有许多高僧大德，历史辉煌；解放后逐渐衰微，目前成为拉萨印经院，只印藏文版《大藏经》。在它的右侧是下密院，和位于小昭寺内的上密院，同是昔日格鲁派僧侣通过显教格西考试后学习密教的两个重要单位，但目前也都已没落。

你相信，它就是

在我有限的接触经验中，藏民个个善良又热情，说话简单不拐弯抹角，没想到，今天却在色拉寺跌破眼镜，连续遇到两位语气带“针锋”的“冷”藏民，让我一时反应不过来，呆愣着!

色拉寺是拉萨三大寺之一，位于拉萨北方色拉乌孜山脚，昔日最盛时僧侣曾多达九千多人。早在15世纪时，宗喀巴大师带着两位弟子于后山一座山洞修行（现改建成小寺庙），有天散步时，听到马鸣声从一树底下传出，命弟子往下挖，挖出一尊马头金刚佛像，于是在山脚下修建寺庙供奉。

“色拉”的藏语意思是“冰雹”，据说该寺在奠基时下了一场冰雹，因此以此为名；另一说法，是因为山下生长一种名叫色拉的野玫瑰而得名。无疑地，后者传说浪漫多了，我一来到色拉寺，便先在四周野地寻找野玫瑰的芳踪，可惜一无所获。

随着一些藏民沿色拉寺的外墙转经，寺庙后方紧临着巨石峥嵘、造型独特的色拉乌孜山，走到一小簇树林旁，有一山泉自林中石缝中流出，转经藏民好意指点我那是圣水，我喝了一小口，透心凉!

独自再往前走，看到有一妇人蹲在一棵大树下，移开靠近根部的一个石头后，树洞里出现一小潭飘浮着树叶，看起来黑黝黝的水，她舀了一些喝，我想这应该也是圣水吧，一边在她旁边蹲下来，一边招呼似的搭讪：“嗯，这也是圣

水吗？”没想到她回头看我一眼，沉着脸，语气很不好地回答：“你相信，它就是。”然后迅速将石头盖回树洞，头也不回地离开了，留下还愣在原地的我。

首次遇到这么“冷”的藏民，当下我的心感到有点儿受伤害，因为之前遇到的每一位藏民都很和善，她颠覆了我对藏民的好印象。我蹲在地上发呆了好一会，圣水也顾不得喝了，努力为她找理由，会不会是因为她曾经被汉人骗过或伤害过？所以对汉人没有好感。

这样想着，稍感释怀，抬起头，看到建在色拉乌孜山半山腰的宗喀巴修行小庙，心中忽然产生一股即刻上山朝圣的冲动，正好有位年轻小伙子走过来，我问她：“请问你知道山上那座寺庙，有路上去吗？”小伙子抬头看了看修行小庙，口气平平地回答：“如果你能走，全部都是路。”这句话是什么意思？正想再问，他已走开了，我回想他脸上的神情，实在无法分辨他是真心话还是讽刺的话。

用石头盖着的小树洞，内有圣水。

连着被“将军”两次，心中隐约浮现“不服输”的好强心，抬头观察了一会修行小庙周遭地形，坡度有点陡，看起来不像有路，但以我多年登山经验，这几百米的距离还难不倒我，于是看准目标方向，一步一步往上爬。

离开山脚的小树林后，山坡景观转为遍布光秃嶙峋的大小石头，间杂生长着零星的低矮灌木丛，这山坡路爬起来还不轻松，烈日当空，不一会便气喘吁吁，汗流浃背。休息时，回头一看，不但山脚下的色拉寺尽纳眼底，还可以远眺大半

个拉萨市，布达拉宫依然是图画中最明显的一个标地物。

眼看离目标愈来愈近，到最后约50米处，却出现巨大石块挡住去路，左绕右绕都没路，只好施展爬岩功夫，手脚并用越过大石块，接着是一小片树丛，穿过时，手部突然传来一阵酸麻刺痛，低头一看，哇！树丛下长满高大的“咬人猫”，显然从没有人打这儿走过，咬人猫才会长得这般茂盛。

小心翼翼穿过“咬人猫”，终于上抵寺庙旁的小空地，紧贴着山壁有个往下挖成的石砌水槽，蓄满了水，看似有活水源头，真是神奇！放眼四周都是干涸的山坡旱地，山顶也无积雪可化为雪水，水源从哪儿来呢？地底下？搞不懂，不想了，拿起旁边的木水瓢舀出来喝了一大口，疲累顿时消减。想到这有可能是几世纪以前，宗喀巴大师于此修行时的饮用水，无形中仿佛也受到了加持力，入喉的水甘醇，回味无穷。

看看高度计不过爬升400多米，居然花去不少时间，更叫人气结的是，登高望远，从山下到山上景观一清二楚，赫然看到右侧有一条明显的“之”字形山径直达修行小庙，原来是从山脚下一路绕着较远处的和缓山坡上来的，路程虽然远些，但看去相当好走。

刚刚在山脚下，若再耐心等待其他转经的藏民询问，一定会有人明确告诉我上山的路在哪儿，只怪我自己沉不住气，这下得了个教训，以后还是别自作聪明走捷径，更别好强自以为是，反而欲速则不达——修行道上不也是如此？虽说即心即佛，但妄想一步成佛是绝不可能的，还是老老实实修行，收获多些。

宗喀巴的修行小庙目前由色拉寺僧人强巴丹曾掌管，我抵达时他正在屋顶用水泥修补裂缝，他亲切地请我喝酥油茶，告诉我他刚从屋顶上远远看到我独自一人从陡坡往上爬，还以为来了一个外国人呢，我问他为什么会以为我是外国人？他回答："因为藏民不会这样走。"

站在屋顶上，边喝酥油茶边聊天，他被派驻于此已经六年，平常一星期下山补充粮食一次，姊姊一家人也和他住在庙旁小屋。从我一抵达，就在我旁边转来转去的那个可爱小男孩，原来就是他的外甥，小男孩一点也不怕生，虽然语言不通，但经由比手划脚，加上糖果作媒介，他立刻和我成为朋友，跟前跟后和我玩。

看管修行小庙的强巴丹曾和他活泼可爱的小外甥。

修补工作告一段落后，强巴姑秀喇（"姑秀喇"是拉萨地区对僧人的尊称）带领我走下屋顶，打开锁着的寺庙大门引导我参观，寺庙依傍着山崖地势建成上下两层，内部空间不大，寺内供奉的神佛，我大多不认得，强巴姑秀喇说明时用藏语，我也听不懂，但毋须言传，我仍沐浴于浓郁的肃穆氛围中。

走进宗喀巴大师昔日修行山洞时，身在窄小幽暗的山洞内，立刻有一股无形的慈悲与智慧磁场像电流一般贯穿身心，晕黄的酥油灯映照着宗喀巴大师和弟子的塑像，在凹凸不平的崖壁上投射成神秘的光影，微微晃动着。我对着塑像礼敬过后，双手合十，闭上眼，静心冥想，强巴姑秀喇也不再说话，静默退出山洞，我就一个人立于幽暗的洞内，让心识穿过五百多年的时空，忆想宗喀巴一生事迹，整个人沉浸于一代大师伟大的宗教情怀中！

以昔日宗喀巴大师修行山洞修建而成的小庙，矗立于色拉寺后山。

告别时，姑秀喇指点我如何接上小径下山，走了一小段后，我侧头凝视爬上来的那片陡坡和宗喀巴修行小庙，再度想起那位藏妇说的话："你相信，它就是。"

有哲理啊，这句话，宗教信仰就是一种绝对的"相信"啊！虽然佛陀告诫弟子："当善观我语，如炼截磨金，信受非唯敬。"鼓励弟子检验佛法，要像冶金过程一样严谨，不要只是因为恭敬释迦牟尼佛是自己上师，就不假思索地相信及接受所有教法，但只要走过这个炼截磨金的阶段后，真正的佛弟子就会对佛法产生坚定不移的"相信"，否则一边走在修行道上一边还在质疑，那么，肯定生生世世都无法到达彼岸啊！

拖拉机上的藏族阿嬷

我和十来位藏民一起挤坐在小小的拖拉机上，随着拖拉机“蹦蹦蹦”冒着烟困难地往山上行驶，每个人的身体也一路上下左右“蹦蹦蹦”晃动着，颠簸得五脏六腑宛如随时都要易位。

我们正在前往青朴修行圣地的路上。

青朴修行圣地位于西藏山南地区桑耶寺东北方山腰，藏地流传一句话：“到了桑耶寺未去青朴，等于白来桑耶寺。”青朴修行圣地在藏民心目中如此重要，但从桑耶寺到青朴修行圣地的十多公里山路，路况却差得令人不敢相信，厚厚的泥土路面坑坑洞洞，并遍布着大小不等的石块。每当风来或车过，灰沙尘土漫天飞扬，刹那遮蔽掉半边蓝天，人坐在拖拉机上，不一会就“灰头土脸”，全身上下也都变成土黄色。

这是我第一次搭拖拉机，它原是乡村用来载货的工具，在交通不便的偏僻处，同时充当交通工具。驾驶者坐在前头高高的独立座上，后面拖着类似台湾脚踏三轮板车，我们十多人就挤坐在毫无遮掩的板车里。

刚刚上车后，一位藏族阿嬷坐在我旁边，她其实和任何一位藏族老妇没多大差别，但由于昨晚我刚梦见阿嬷，藏族阿嬷那满布皱纹风霜的脸孔攫取了我的视线，阿嬷的影子和她交叉重叠，我的眼光再也无法离开。

看到我盯着她看，藏族阿嬷咧开嘴冲着我笑，我也还她一个友善的微笑。我

瞥见她口中几乎无牙，年纪肯定很大了，一身藏族服饰，花白稀疏的头发依靠丝线缠绕，勉强绑成两条细长辫（传统藏族妇女已婚象征），怀里抱着一大袋添酥油灯用的酥油，是礼敬诸佛的供品。

昨晚梦见阿嬷，这是阿嬷逝世两年多来，我们首度在梦中相会。梦中，屋内只有我和年迈的阿嬷，似乎有盗匪即将入侵，阿嬷急得不得了，来回踱着方步口中喃喃自语："怎么办？怎么办？"我冷静地说："阿嬷，别怕！我会保护你，你去躲起来，等安全了再出来。"

之后梦境如何发展，醒来已不复记忆，只有保护阿嬷的心依然清晰强烈。这梦有何象征意义？我不知道。阿嬷刚逝世的那段日子，每晚入睡前我都冀望阿嬷托梦，告诉我她在极乐世界，我为她做的佛事她都收受了，而且也利益了众生，但是，夜夜清明无梦。

阿嬷虽然一辈子拿香拜拜，也随身带着一串出家为尼的姨嬷送她的佛珠，但

通往桑耶寺半途，雅鲁藏布江边出现沙化现象，让人错觉来到沙漠。

她不是真正的佛教徒，直到住院后，才在病床边正式皈依三宝。

为阿嬷做的佛事，今生今世我可能都无法知道是否真正帮助了她，不过它确实帮助了我，也帮助了我们娘家一家人。

阿嬷走的那年三月，我放弃高薪，离开工作了十多年的中日合资大企业，进入法鼓文化工作，开始有系统地认识佛陀，学习佛法，并在七月时皈依圣严师父，没多久，九十三高龄的阿嬷生病、住院、昏迷近三个月，于年底走完一生。

因缘奇妙，我转换工作跑道，仿佛就是为了陪伴阿嬷走完最后一程作准备。

突然，手臂一阵紧，有人抓住了我，原来是拖拉机颠簸得厉害，藏族阿嬷瘦弱的身体歪斜无法坐稳，只好拉住我的手臂。我看她另一手艰难地抱着那一大袋酥油，示意要帮她，她比画着不能放地上，我点头，知道这是要供佛的，放地上不敬，把它高高放在我的背包之上，她放心地笑了。

雅鲁藏布江绮丽风光。

虔诚信佛的藏族老人应该算是幸福的吧！即使经济不宽裕，心中有依靠，单纯的朝佛、转经、诵咒，日子在平淡中也过得极有意义。而我的阿嬷，自小为童养媳，年轻守寡，独立抚养两个女儿（我的母亲和阿姨），劳碌于生计，无暇思索其他；到了老年，物质不虞匮乏，但子孙各有各的世界，同辈亲朋好友陆续辞世。不识字的阿嬷，日子一下呈现空白，生命凸显出心灵的无从寄托，于是，埋怨、叨念、找碴，占据了她晚年生活中的大半。

年轻时的阿嬷开朗坚毅，我读小学时父亲生意失败，宣告破产，家被法院查封，债主天天上门讨债，父亲只得和母亲离开故乡重新创业。阿嬷带着我们五个小孩留在台北老家，她外出帮佣，我带着弟妹，偶尔去捡拾破铜烂铁，阿嬷总耳提面命："认真读册卡要紧，才会出头天。"

桑耶寺通往青朴修行圣地的山路，路况奇差，拖拉机常陷入厚厚的沙土中。

身为老大的我，就是在那段艰困的日子里，和阿嬷陪养出亲密的祖孙感情。

阿嬷没受过教育，教导我们凭借的是她自己生命的经验。她懂得一箩筐台湾谚语，无论我们做事或读书，嫌这怪那时，她会告诫我们："不会驶船嫌溪弯"，要我们自己反省，别把责任往外推。

我读大学时参加登山社团，常随着男同学纵走中央山脉，夜宿同一帐篷，邻居知道后，有人跟阿嬷咬耳根："女孩子这样不太好吧？"阿嬷总是回以："树头若站稳，不怕树尾作风台。"

后来我结婚，成为四代同堂大家庭的长媳，初始不太适应，回娘家时免不了抱怨，阿嬷总是笑着告诉我："憨孙乀，甭计较，做人呐，有量才有福！"

这样充满人生智慧的人，为什么到了晚年，反而路愈走愈窄，作茧自缚？

拖拉机突然停了下来，引擎发出闷闷的嘶吼声，车轮陷入灰土中，在原地空转，不需师傅开口，藏民纷纷下去推车，只留下年纪较大的几位藏民。我跟着跳下车，双脚立刻陷进厚厚的灰土中，真想不透这些灰土是如何形成的，远看青朴修行圣地，一片青葱翠绿，难道是上苍故意以这片恶地考验入山者的决心？

拖拉机动了，大家回到车上，藏族阿嬷再度靠着我身体，抓住我手臂，车子依旧摇晃厉害，她不自觉地愈抓愈紧，我的手臂隐约作痛，只好回挽着她手臂，另一手抓住车旁护栏稳住身体，她回头对我笑笑，两人就这样一路手臂挽着手臂，好似一对亲密的祖孙。

不同于附近一带灰褐色的山体，青朴修行圣地林木茂盛，一片青翠。

终于抵达土路终点，来到青朴修行圣地的入口，再上去必须步行，拖拉机师傅和大家约了回程时间后，我和三位康巴人及一对拉萨来的夫妇结伴往上爬（这是我多日来累积的经验，任何朝圣，紧跟着会说普通话的藏民准没错），藏族阿嬷动作迟缓，没一会便落后于我们视线之外，她肯定无法像我们走完整个圣地，但也不用为她惋惜，老藏民都是走多少算多少，朝圣心意不打折，但体能的限制让她们很随缘，听说许多人会走到她生命的最后一刻，就算死在转经路上，是荣耀也是一种幸福。

傍晚朝圣下山，夜宿桑耶寺简陋的招待所，一躺下来，接触到硬床面的刹那，股沟皮肤一阵疼痛，我在棉被里小心翼翼地检查，经过拖拉机来回两趟的颠簸折腾，不仅手臂和屁股酸痛不已，股沟周遭也磨破了皮，敷上药，侧着身子睡，实在累极，不一会就进入梦乡。

今夜，阿嬷会再入梦来吗？真希望看到她也在转经路上，快乐自在地转经，诵着“阿弥陀佛”……

最古老的修行圣地

拖拉机抵达青朴修行圣地入口后，我随着三位康巴人及一对拉萨来的夫妇往上爬，事后证明我的选择是对的。康巴人虽然不太会说普通话，但人很好，一路招呼着我，而来自拉萨的达娃次仁先生，甫自西藏自治区司法院退休，用大陆话形容就是“水平很高”，一路不厌其烦地为我讲解他所知道的一切。

有人形容，西藏古修行地就像繁密的星星点缀在神山中、圣湖旁，而其中最荣耀和最具无上殊胜的圣地，无疑就是青朴修行圣地了。

青朴修行圣地位于桑耶寺东北方，桑耶寺位于雅鲁藏布江北岸的哈布日山旁，建于8世纪中叶，寺庙由莲花生大师勘定，建筑由寂护大师规画设计，建成后，吐蕃王赤松德赞从印度及中原内地邀请高僧到桑耶寺译经传教，并挑选了七名贵族子弟剃发为僧，桑耶寺成为西藏佛教史上第一座佛法僧三宝俱全的寺庙。

桑耶寺以乌孜大殿为主体，代表须弥山，环绕着乌孜大殿的四周，分别建有象征四大部洲及八小洲的佛殿，组成庞大的建筑群，整个建筑群的四周围墙呈椭圆形，墙高三米多，墙上布满小型佛塔1008座，四角对峙着红、白、黑、绿色四座大型佛塔，相映生辉。

由于8世纪莲花生大师时期，藏族的七名贵族青年最早在桑耶寺出家；大师在青朴山上开创苦修地，带出了藏族历史上的第一批觉悟者，之后又有不少著名的大成就者（最著名者为宁玛派大师龙钦绕强巴）于青朴修行。青朴后山还有西藏三大天葬台之一，所以青朴修行地与桑耶寺齐名，藏民认为到了桑耶寺不上青朴朝圣，等于没到过桑耶寺。

西藏所谓修行地和一般寺院道场的最大不同，在于修行地几乎都是自然景观集萃处，例如山沟、树林、巨岩、洞穴、水畔、泉源等。修行地对藏密的修炼者非常重要，有所谓“修行四处所”之说，必须在山洞、泉眼、坟场（天葬台）、废墟，每处都要静坐108个夜晚。

藏传佛教在雪域上传衍了一千多年，之所以留下众多著名的修行地，一方面因为早期西藏寺院道场的设立缓慢，因此以个人为主的修行地众多；另外，回溯佛教起源，释迦牟尼佛开悟前，以王子身份摒弃繁华富裕，衣衫褴褛行脚施化，在寻求开悟的过程中，于山林野地随遇而安，静坐冥想，开了静坐修行的先河。佛陀涅槃后，印度回教兴起，佛教受到打击，只能远离城乡，偏安修行，因此在印度与中国交界的喜玛拉雅山产生了许多修行地。

佛教传入雪域后，修行地的概念也一起进入；直到15世纪格鲁派兴起，建立了寺院林立的佛教全盛时期，出家僧侣大都集中于寺庙内修行，位于偏远灵山秀水的修行地才逐渐减少。

对藏民而言，若自家附近出现了修行地，都会感到高兴甚至自豪，自动布施食物支持修行僧众，因为修行者的虔诚修行会使当地成为善妙福地。

当我搭拖拉机上山途中，远望青朴一带，以为只有

大殿屋檐下色彩丰富、华丽的雕刻藻饰。

低矮的灌木丛分布，直到沿山径往上爬，才发现草木茂密，在曲径通幽的山路两旁野花怒放，偶尔还出现潺潺山涧。资料记载，此地夏无酷暑，冬无严寒，难怪高僧大师都来此修行。传说这儿曾有历代修行大师和信徒的修行洞共108个，因年代久远而损毁，目前只剩下三十多个。

整个青朴修行地范围相当大，山径叉路又多，均无标志，绕来绕去，像在走迷宫，没有地图指引，根本无法寻访到任何圣迹。我们一行人，完全凭借以前来过的达娃先生，一路口头询问遇到的修行者，才能顺利朝圣一个个隐藏的圣迹。

这些为数众多的圣迹，除了莲师和后期大师留下的各个修行洞外，还有石刻古佛像、三世佛石刻相、长寿宝瓶巨岩、石上莲师自然相、莲师足印、莲师头迹、甘露圣水等。

到西藏旅行，到处都有圣迹，看得多了，不免有点“见怪不怪，见圣不圣”，我反而是对此地的修行者感兴趣些，这些修行者，男女老少都有，有的住在怪石嶙峋的天然石洞内，有的自建小木屋或石板屋，有的就在空地搭帐篷。途中我们曾经过树林下的一顶帐篷，门掀开着，帐篷里有位年轻僧人在磕长头。另外也看到很年轻的尼姑在水源旁洗衣服，稚嫩的脸庞犹有一抹少女害羞的红晕。这些年轻男女为何放下一切，远离尘世，来到青朴修行？是真的对佛法有所体悟，还是有其他因素？我很好奇，不过语言不通，无从问起，而且问僧尼这些好像也不太礼敬，质疑似的。

想起《茫茫转经路》一书的作者温普林提到，他于1980年代首次进青朴，到20世纪末四入青朴，青朴有些修行人本质已改变，有人告诉他是附近不愿辛勤劳动的村民，宁可来青朴出家，接受供养，因为有愈来愈多的中外旅客前来朝圣，旺季时可收到不少供养金。

在青朴修行圣地可遇到形形色色的僧侣。

若真如此，那么我们也只能祝福这些人，歪打正着，在耳濡目染中，受灵山圣地及真正修行者影响，潜移默化，体悟到佛法的奥妙，转为真心修行。

幸而我们遇到的，看来都是真正发心的苦行者，在我们为朝圣礼佛而进入的一些山洞和小屋内，除了佛龛是最主要的摆设外，大都只有一张小床，甚至只有打坐的位置，显然整夜不倒单（不躺下睡觉）；有的还只是在地面铺上一小块厚毯或卡垫，打坐兼休憩，生活必需品堆在角落，看得出物质需求已降到最低。

半山腰有一小土丘往外突出，被称为“铜色祥山”，视野宽敞，可以看到整个青朴如莲花开展，三面环山，呈凹字形；南面是逐渐向桑耶寺所在方向开阔而出的山坡地，桑耶寺再过去便是宽广的雅鲁藏布江，附近山谷几乎全是裸露的灰褐色山体，唯有青朴这儿林木苍翠。

一小间一小间简陋的修行小屋，散布在圣地山坡上。

青朴修行圣地的一座小寺庙。

据说青朴修行圣地的加持力非常大，能聚集三域空行母，有缘者便能看见或听见非人和五部空行母转经以及各种声相。

站在“铜色祥山”，山风清朗，袭满一身，我虽然什么都没看到或听到，但仍感受到那无形的力量。

修行者到了这块修行圣地，就像是一粒尘埃落入了大地，一滴水珠融入了江河大海，在诸佛菩萨、龙天护法围绕庇佑下，世俗计量的时间消失了，没有过去也没有未来，就是在每一个当下精进用功。

这块圣地是具有生命的，它仿佛正轻微地呼吸着，带着一种温柔松软的韵律，而在温柔松软中，又高鼓着一种隐秘的涌动，是因为自古以来许多虔诚修行者，将他们的一生都淬炼进这块圣地的缘故吧！

青朴不仅是一块圣地，更是无数生命的最后栖息处。

猴子嬉戏的地方

离开桑耶寺，我乘坐寺院为朝圣藏民开的“拉萨——桑耶”专车，按照惯例，回程先开往泽当镇朝圣“昌珠寺”和“雍布拉康”，然后才返回拉萨。

泽当镇位于雅鲁藏布江和雅隆河的交汇口，藏语意思是“猴子嬉戏的地方”，地名源自观世音菩萨点化修行神猴与罗刹女结合，繁衍出藏族祖先的神话，“泽当”就是他们后代下山玩耍的地方。这猴子变人的故事，藏族民间广为流传，于古老经书中也有记录，并搬上布达拉宫和罗布林卡的壁画。

泽当属于“山南地区”，游客若是搭机抵拉萨贡嘎机场，从机场进入拉萨市区的公路旁有许多大型看板，写着“世界之巅在西藏，西藏之源在山南”，这“山南”指的便是西藏行政区之一的山南地区。

山南位于雅鲁藏布江中下游，北面与拉萨市相连，东面是林芝地区，西面是日喀则地区，南面则沿着喜马拉雅山脉和不丹、印度接壤，受到南印度洋湿暖气流的润泽，降雨丰沛，气候温和，因此，雅隆河谷一带成为藏族古代文明的发祥地。

据藏文史料记载，雅隆河谷是西藏最早学会垦荒种田、豢养牲畜、引水灌溉、冶炼金属、烧制陶器、架设桥梁等技术的地区，这一带不但是吐蕃王朝的发源地，而且出现西藏第一块青稞地、第一个村庄、第一位赞普（国王）、第一座宫殿、第一本佛经。

传说中，西藏第一位国王聂赤赞普作为天神之子来到人间，公元前1世纪，雅隆部落的牧人在放牧时，发现一位高大英挺的年轻人，气质不凡，语言、举止和当地完全不同，牧民问他从哪儿来？年轻人指了指天，牧民以为他是“天神之子”，便伸出脖颈，搭成轿子，迎请他回部落，拥护他为首领，带领雅隆部落百姓，这位年轻人被部落民众称为“聂赤赞普”，聂是“脖颈”，赤是“宝座”，赞普是“英武的王”，于是，聂赤赞普建立了吐蕃王朝。

聂赤赞普是个聪明能干的人，带领子民务农放牧，发展成富裕的社会。百姓在其指导下，修建了西藏第一座王宫“雍布拉康”，位于泽当东南山上，为碉堡式建筑，规模不大，但耸立山头，雅隆河谷全景尽纳眼底，气势恢宏，曾作为西藏最高权力中心长达数百年，7世纪松赞干布迁都拉萨后，才慢慢从王宫变成佛殿。

7世纪初，王位传到松赞干布，十三岁执政，传说他头上有一个无量光（阿

碉堡式建筑的雍布拉康，是西藏第一座王宫，7世纪后才转为佛殿。

弥陀佛）陀罗尼咒头，邻国都称他“双头国王”。雄才大略的松赞干布从雅隆河流域崛起，兼并了雅鲁藏布江南北岸的许多部落，统一雪域高原，建立吐蕃王朝，和大唐联姻迎娶文成公主，因文成公主信奉佛教，又通晓五行，卜算得知整个西藏位于仰卧的魔女身上，因此于魔女心脏与肢体等位置兴建寺庙加以镇压。

位于泽当南边约5公里的昌珠寺，便是当时兴建的十二镇魔寺之一，位置恰好在魔女左肩。传说昌珠寺原址为湖泊，湖中有一五头恶龙，经常兴风作浪，给当地带来灾难，松赞干布修法化为大鹏鸟，降伏恶龙，湖水退干，始于湖上兴建佛寺，命名为“昌珠寺”，意思是鹏鸟斗恶龙之处。

第一天，我随着桑耶寺朝圣专车来到已有一千三百多年历史的昌珠寺，因为师傅给的时间有限，全车藏民脚步匆匆，遇佛即拜或以额头碰触或为酥油灯添加酥油表示礼敬，分秒不停留，我想仔细观赏都无法慢下脚步，不觉有点心烦气躁，匆促间跟着藏民整个绕了一圈后，回到车上；继续往“雍布拉康”，情形一模一样。

昌珠寺格局和大昭寺类似，环绕着寺院四周同样有一个回廊似的转经道。

朝圣完，专车赶着回拉萨，我因为要转往敏珠林寺，在泽当镇下车，晚上写旅行笔记，才吃惊发现，我竟然错过昌珠寺镇寺之宝——珍珠唐卡，想是下午因为心烦意躁，自己就被自己给耽误了。

隔天独自搭小巴车再度前往，气定神闲，完全不一样的心情。

和大昭寺一样坐东面西的昌珠寺，面积不大，分为殿前廊院、大殿和外围廊三部分，主要建筑是措钦大殿，围绕着殿四周是一圈外围廊转经道，底层布局和

雍布拉康一带由雅隆河灌溉而成的农地和民居。

大昭寺相似，中间为经堂，周围东、南、北三面依次分为十二个拉康（神殿），供着不同的佛菩萨。

我细步轻移，走过正中佛殿三世佛——过去佛燃灯佛、现在佛释迦牟尼佛、未来佛弥勒佛（藏民称强巴佛），三世佛两侧是文殊、地藏、普贤等八大菩萨。经堂右侧神殿供奉西藏史上最伟大的国王松赞干布，左右是他两位爱妻大唐文成公主、尼泊尔赤尊公主，站立的是以智慧帮松赞干布成功娶回文成公主的大臣噶尔和创造西藏文字的学者吞弥·桑布扎。经堂右侧神殿主供大悲观音菩萨，并供奉着文成公主使用过的双孔灶和古旧的陶盆等，昔年文成公主与松赞干布常回雅隆故乡过冬，住在昌珠寺前院屋宇，后来遗物被搬进寺内神殿，作为神物让藏民瞻仰，也算是纪念这位在雪域高原度过大半生的伟大女性。

昌珠寺内有许多充满原始风味的壁画。

在二楼找到了那幅镇寺之宝唐卡，原来被铁栏杆隔着，很容易错过，唐卡是在松赞干布时期兴起的一种绘画艺术，极富藏族文化特色，为刺绣或绘制在布、绸、纸上的彩色卷轴画，题材广泛，除了以宗教为主，还包括历史和民俗内容。

这幅唐卡的特殊处在于非丝线刺绣也非色彩绘制，而是使用珍珠和宝石镶嵌而成，宽一米多，高约两米，据统计使用了将近三万颗小珍珠，是当今世上独一无二的宗教艺术珍宝，原作距今已有六百多年历史。当时乃东王妃是一位虔诚的佛教徒，晚年以她毕生积蓄和元朝皇帝赏赐的珍珠玛瑙，精心织缀成一幅"白度母自在图"，敬献给孜措巴寺，孜措巴寺后来毁于战乱，珍珠唐卡不知去向。直到"文革"时，被红卫兵意外给翻找出来，轰动整个西藏，当时由于织缀的金线

断损，珍珠、玛瑙和宝石已脱落不成样，由几位老僧人重新修复，再移交给昌珠寺成为镇寺之宝。

隔着栏杆凝视珍珠唐卡，比真人略高的白度母头部微倾一侧，手脚往外舒展，一副怡然自在的模样，度母是“圣救度佛母”的简称，是观音菩萨的化身。在藏传佛教中，观音菩萨的化身有数十种，白度母和绿度母是最主要的两种，白度母就是身着白色的救度母，面部有三眼，双脚双手还各有一眼，因此又称“七眼女”，象征能全面观照世间，救助众生一切苦难。

藏语称度母为“卓玛”，许多藏族女性都以此为名。西藏百姓视唐文成公主和尼泊尔赤尊公主两人是度母化身，为西藏文明的跃进贡献斐然。在藏族起源的神话中，藏族祖先神猴与罗刹女的结合，也是经由观音菩萨点化，才繁衍出藏族子孙。

凡此种种，不难看出度母在西藏受崇拜与喜爱的程度。

而这幅半裸露着身体的“白度母自在图”，和汉地观音菩萨婉约庄严的法相虽然相去甚远，但藏地和汉地的观音菩萨同样都是诸佛菩萨中最人格化的一个神佛，与老百姓关系亲密，她融合佛菩萨的悲智、母亲的慈爱、女性的温柔，千手千眼，拔众生苦，观音信仰不分时空广布人间。

观自在菩萨，行深般若波罗蜜多时，照见五蕴皆空，度一切苦厄……

啊，他是主持法会的上师

不远处传来微细的、低沉的法螺鸣声，好像梦境，如真似幻……

我突然醒转，坐起身来，法螺声仍持续着，不是做梦，我摸了一下床和棉被，回过神来，是了，我单独一人睡在敏珠林寺整洁素雅的招待所内。而昨天西夏堪布告诉我，今天清晨4点法会就开始了，他提醒我不用那么早起来，七八点再去都行。

黑暗中，一道又一道的光间歇扫过窗外，我掀开窗帘一角，往外窥视，一个个手持手电筒的僧侣，如魅影似的，飘在黑黝黝的夜幕中，从四面八方往密宗殿方向集中，我看了一下荧光手表，快4点了，法会即将开始。

离开棉被的身体一阵凉意，赶紧躺回温暖的棉被里，不一会，又沉沉睡去。睡梦中，有低低的诵经声伴随着，是真实还是做梦，已无法分辨，只觉得那韵律像和缓的海潮，而我化身为犹在母亲子宫羊水中的胎儿，身心溢满温暖、舒松、安全感。

这一觉又睡到6点多才醒来，打坐过后，我蹑手蹑脚走入昏暗的密宗殿，已经7点了，从4点就开始的法会，仍然持续着。我靠着墙角坐下来，天光柔和地从殿顶天窗悄悄地斜洒而入，浑然天成的诵经声回荡在殿堂内，没有指挥，数十名僧侣的诵经，加上此起彼落的各种法器，却配合得如此天衣无缝。

暂告一段落时，法器与诵经声悠然而止，所有僧侣放下法器，脱下僧帽及大

敏珠林寺属藏传佛教四大教派中历史最久远的宁玛派。

晨光从屋顶天窗斜射而入，为昏暗的密宗殿带来一丝光亮。

外衣，纷纷走出殿外休息去了，我从墙角往大经堂中间移动，阳光亮了些，经由顶层天窗，局部投射在低矮的诵经桌和卡垫上，零散放置的僧帽和法器在阳光下升腾起一层烟雾闪烁着，而其他照不到阳光的角落仍然昏暗，写着岁月痕迹的藏式五彩帏幔，在微弱的光影中交织着神秘与庄严。

整体氛围感觉很好，想拍照，光线不足，又没脚架，正在四处张望找地方架高相机时，忽然注意到殿堂前面靠近佛像的两根大柱旁，左右相对各有一大法座，远高于周遭低矮的僧侣座位，而西夏堪布刚从法座下座，一身法衣，威仪无比。

我心中暗暗一惊，这法座是寺庙法会时最高上师的象征，之前我只知道西夏堪布是敏珠林寺佛学院的院长兼教授，看来，他的身份地位不仅于此。

和堪布打了招呼，他回房休

息，我赶紧找到堪布的侍者询问，没错，西夏堪布正是敏珠林寺主持大型法会的上师。

天呀！我真是有眼不识泰山，昨天来到寺院后，看到西夏堪布身旁随时都有僧人服侍，还以为那是佛学院弟子对院长的礼敬呢！和他聊天时我提出一些有关藏传佛教及修行的问题，他都不厌其烦地解释及说明，强调藏传佛教虽分成许多不同教派，差异主要在于传承祖师、修行重点和方法有别，至于基本教义则都是来自释迦牟尼佛的教导。

西夏堪布与作者合影。

再回想一下，堪布甚至为了我的相机电池要充电，找不到适合的插座，还亲自带着我楼上楼下前前后后到处找插座。哎，我真是何德何能，让上师如此款待？

佛教讲“因缘不可思议”、“因缘何等奇妙”，这次和西夏堪布及敏珠林寺结缘，正是这些话的最好写照。

位于山南地区扎囊县的敏珠林寺，本来不在我的行程内，因受台湾朋友之托，带一些伏藏资料给西夏堪布，之前打电话联络，正好西夏堪布到拉萨办事，便约在拉萨见面。西夏堪布给我一张名片，上面印着他的简历及身份，他拥有相当于博士学位的佛学学历，目前是宁玛派六大寺院之一佐钦寺（位于四川甘孜藏族自治州）上师、西藏山南敏珠林寺佛学院院长、四川甘孜道孚玉科因喀寺佛学院总主持……每年冬季还会前往上海为一些台湾来的居士开讲座、指导修行。

当天中午请堪布用过简餐后，随堪布回到他在拉萨八廓街的暂居处，帮堪布确认他的电脑可以读取MP3资料，屋内另有一僧一俗，听到我来自台湾，开玩笑问我可不可以到台湾玩？我回答："欢迎欢迎，只是台湾没什么特别，西藏才好，像天堂一般。"后来告别时，西夏堪布送我到门口，对我说："西藏虽然像天堂，可是也有坏人，夜晚别在外逗留。"关怀的语气和态度，好像慈祥的长辈在叮咛少不更事的年轻人，其实堪布的年纪还小我许多呢！

正是西夏堪布告诉我，藏历五月十日（阳历六月十七日）是一年一度纪念莲花生大师降生的日子，敏珠林寺将举办大型活动，包括连续三天法会，法会依据大伏藏师咕如秋王著的《上师密集》，密集内容都是在颂扬莲花生大师，第三天并由喇嘛跳莲师八变等金刚步舞（俗称跳神），第四天举行灌顶法会。这机缘来

敏珠林寺曾学者云集，成为西藏各学术领域的中心，目前其佛学院仍享有盛誉。

得巧，因缘具足，于是，临时决定把敏珠林寺纳入行程中。

敏珠林寺的藏香中外驰名，有“香中之王”别称，在拉萨会面时，西夏堪布带了寺院藏香和我结缘，拿近一闻，有股藏药特有的香味溢出。堪布介绍敏珠林寺藏香是依传统秘方制成，以考究的传统技术和纯正的香味成为各大寺庙三宝佛殿的供奉上品，甚至外销至印度和尼泊尔。它共由白檀香、紫檀香、麝香、藏红花、冰片、丁香等三十多种珍贵天然药材和香精精制而成，能使人修身养性，心旷神怡，又能避邪、除垢、预防感冒等。

盘坐于大法座上主持诵经法会的西夏堪布。

来到敏珠林寺后，因为全寺五十多名僧侣几乎都在忙着法会、跳神等活动，我自行参观全寺。敏珠林寺建筑古朴，没有多余的虚饰，寺中有些佛像和一般慈眉善目的佛教神像不同，大多是怒目相向、多头多臂的造型，据说这些都是护法神灵，庄严无比。不过，其中释迦牟尼佛和未来佛强巴佛的法相，倒是庄严肃穆，散发着无尽的慈悲，让我舍不得将眼光离开，就和两尊佛对望许久，交换着心灵的对话。

在知道西夏堪布的崇高身份后，寻到一个机会，我对堪布顶礼，说明自己刚接触藏传佛教，不懂礼数，若有违反规矩的地方，还请堪布原谅，包容我的无知。堪布很客气地笑着：“不会啊，我觉得台湾人都很虔诚，只是有些对佛法认识不清，也不依道次第修行……”堪布提醒我，真要修学藏传佛教，道次第非常重要，我若想对他的教派宁玛派做进一步了解，他有位堂兄杨坚洛德仁波切，目前在台北主持“宁玛巴智慧佛学会”，我可以去那儿学习。

法会的空档，只要堪布不是在休息，我都跟随着他，坐在起居室卡垫上喝茶聊天（我喝酥油茶，堪布胃不好喝白开水），三餐也和堪布一起吃，其间不时有藏民进来献哈达、供养金。每位藏民一进来，都先对堪布磕头礼敬，我见状总是赶紧起立，垂手站在一旁候着，堪布通常会先将藏民献的哈达回披在他们颈部，有时手摸对方头，口中低低诵咒，应该是祈福吧！有时会和藏民交谈几句，并回赠一张不知是谁的法像。还有一回，一位藏民抱着小孩进来，好像是小孩身体不好常生病，请求堪布祈福加持，堪布先是和蔼地问了一些问题，然后摸着小孩的头，诵咒祈福。

虽然堪布和藏民的对话，我一句都听不懂，但每位藏民离开时，从他们脸上洋溢的满足、喜悦神情，我想，信仰的力量就是一种最好的心灵医药，每个人都在这短暂的会晤中，获得了某种程度的精神治疗。

我最后一天要离开时，西夏堪布也送了我同样的一张法像，原来这是堪布的上师“班玛曲英乔达尊者”的法像，他是一位大成就者仁波切，法像后面印有尊者的指印和祈请文，并有堪布写的说明：“凡有缘得此法像者，请置于室内庄严处，必会得到巨大佑护和加持。尊者弟子西夏堪布为利乐众生而发心印制此像，凡请到此像者，请放生一千及念颂莲师心咒一万遍。”

回想这三天，我真是何等有福报啊！居然能和西夏堪布结缘，听闻佛法，堪布的修学很高，却谦虚为怀，在他眼中，我这个对藏传佛教一知半解的小人物，应该就是单纯的一个“人”，芸芸众生中的一个“众生”，他完全包容了我的无知。

我从西夏堪布身上看到了大师的风范，看到了一位真正修行者的慈悲心，看到了“众生平等”、“无分别心”的具体实践！

跳神与灌顶

敏珠林寺法会的第三天，一大早，大殿前广场聚集了不少藏民和僧人，同心协力架设大型布篷，作为莲师八变等金刚步舞（俗称跳神）的场地，同时，三五成群的藏民也陆续如潮水般涌入，个个手提酥油茶保温瓶，带着饼干、点心，遇到熟识者，寒暄聊天，开怀大笑，整个寺院充满节日的欢乐气氛。

寺院外更是喧哗热闹，不大的空地聚集了无数摊贩，宛如庙会赶集，我带着相机四处闲逛，寺外绕一圈再回到寺内广场，看到除了舞台位置外，四周已坐满人，还有不少人爬上对面僧房屋顶，我赶紧挤到方便拍照的最前面位置，席地坐下，试问了一下两旁藏民，都不懂普通话。不过没关系，微笑就是最好的招呼方式，坐了一会，等他们习惯了我的存在后，我用张纸占位置，向左右藏民比划我离开一下，他们会意点头，我知道这些乡下藏民都很老实，会帮我看顾位置，这就放心地四处拍照去了。

近中午时，跳神正式展开，穿戴着各种面具及琳琅满目服饰造型的僧人，陆续上场，一幕接着一幕，衬着法螺、唢呐、铜铃、鼓、锣等法器，节奏虽然简单，但舞步和手势的变化不少，令人目不暇接，而舞者无论是一个旋转，一个跳动，都很熟练，看来僧侣们一定花了不少时间排练。

可惜看不懂内容，想问人，左右都不会普通话，西夏堪布陪着拉萨来的大施主坐在二楼小廊台观赏，熟识的几位僧人也不晓得在哪里忙着，只好“内行看门

道，外行看热闹”。

努力回想我读过的资料，在古代，西藏本土宗教苯教就有“跳神”形式的宗教舞蹈，佛教寺僧吸收苯教动作，再结合瑜伽部“金刚舞”，佩戴不同面具而舞。表面上是僧侣们戴上面具扮演各种神佛跳舞，事实上这也是一种密宗仪轨，以前只在密宗殿内进行，后来公开于僧俗大众面前，主要是为了驱邪除障，弘扬教法，令众生皈依佛法更虔诚，并有劝世人弃恶扬善、诸恶莫作的功能。

跳神进行到四点半时，连续刮起几阵强风，大布篷的支柱被吹歪，往观众头顶压下来，大家一哄而散。由于支柱不容易再架起，最后整个撤掉，幸好这时太阳被云层挡住，不像正午时那般炽热，跳神继续，在莲师的八个化身佛现身后，有丑角似的福官出场，不断捉弄表演者和观众，逗得全场笑声不断。

快结束时飘起小雨，散会后，雨势渐大，西夏堪布告诉我，下雨是好事，因为山南地区已经很久没下雨，农作物正等待着雨水的滋润，如同往年，每当法会及跳神过后，都会带来阵雨，是诸佛的赐福回馈吧！

第四天是灌顶法会，由于在台湾看到不少对修行没兴趣，只对灌顶趋之若鹜的人，使我对灌顶有点“感冒”，我就这问题请教西夏堪布时，堪布简单为我说明藏传佛教灌顶的意义，通常是要修持一位特定本尊时，必须由一位具格上师带领进入本尊坛城，这时就会举行灌顶仪式。灌顶并非刹那让一个人法力无边，它的内在意义是依着上师的圆满证悟体验、弟子的恭敬心与修行层次，来唤醒弟子心中的特别能量，然后精进修行，进入密续道路，直到圆满成就。而这次灌顶，无关修行范畴，主要是为民众祈福加持，所以每个人都可以参加。

一早，藏民再度扶老携幼挤满大殿前广场，还出现不少公安维持秩序，在公安和僧人引导下，藏民依序排队，人愈来愈多，队伍只好绕了一圈又一圈，最后不得不绕到寺外去。为了缩减空间，每个人都紧靠着前一个人，双手搭在前面的人的肩上，若是熟识的同性便环抱着腰。

为了挪出更多空间，公安推着藏民：“再往前一点，靠紧一点！”已经够紧的藏民被这么用力一推，脚跟站不稳，整个队伍就像骨牌效应一样，一下整排往前倒，一下整排往左倾斜，一下整排往右扭曲，但藏民没一个人生气，还像在玩

跳神是一种历史久远的宗教舞蹈。

简单划一的手足动作，充满力与美。

游戏似的，伴随着发出啊、哟、哇、呵等各种惊呼声，笑成一团，同时迅速自动地调整队伍。

十点半后开始灌顶，我本来也排在队伍中，但天气愈来愈热，心想反正我不急，最后接受灌顶也可以，便离开队伍，悠闲地绕了寺院一周。寺院后方是制香厂，可惜目前停工，无法参观，再回到大殿二楼，从小窗口可以看到灌顶法会全景。嗯！这个位置不错，居高临下，使用长镜头正好可以清楚拍到西夏堪布为民众灌顶的动作。

有的人不太尊重灌顶这宗教仪式，一副不懂为什么有这么多人顶着艳阳挥汗排队，只为了给堪布撞一下头，这就是灌顶？在他们眼中，可能觉得所有虔诚的藏民都是被宗教愚弄的傻子吧！

时间分分秒秒过去了，日正当中，艳阳如炙，队伍人数有增无减，依然长龙不见尾，我坐在二楼窗台，身心清凉，想着敏珠林寺所属宁玛派的一些相关记载。

藏语“宁玛”意思为古、旧，宁玛派是藏传佛教四大教派中历史最久远的一

琳琅满目的面具与服饰造型，加上各式辅助乐器，令人目不暇接。

丑角似的福官为现场带来一片欢乐，其后端坐着莲花生大师的八个化身。

藏民将牛粪贴于墙面晒，作为燃料。

派，8世纪时由莲花生大师传下，所传承的是藏传佛教前弘期的密教。

在藏传佛教后弘期的数百年间，四大教派中的格鲁、萨迦、噶举先后都曾主掌西藏军政大权，唯独宁玛派未曾参与权力的角逐，是因为宁玛派比较淡泊权力，比较专注修行吗？还是有其他原因？关于这点，在我看过的资料中都没提及，不过，宁玛派虽未主掌过西藏军政大权，却在大五明、小五明等领域，尤其是史学、医学、建筑等方面表现杰出。

17世纪时，五世达赖喇嘛兼修密法，对宁玛派积极支持和提倡，不但聘请宁玛派高僧德达林巴（敏珠林寺由他大规模扩建他巴林庙而成）做自己的经师，还

给予敏珠林寺大量物质资助，送去众多经书充实寺庙藏书，并派格鲁派僧人前往敏珠林寺深造，使敏珠林寺学者云集，成为西藏著名佛教学府，在天文、历算、文学、医学等领域具有崇高威望。在西藏民主改革以前，布达拉宫的僧官学校教师都是聘请敏珠林寺高僧担任，西藏最权威的“天文藏医院”也是聘请敏珠林寺专家负责编写“藏历年表”。

时代变迁，敏珠林寺作为西藏各学术领域中心的角色逐渐丧失，但作为宁玛派祖寺的地位仍然屹立不倒，更是西藏最大的宁玛派寺院。

灌顶一直持续到下午两点多才结束，估计接受灌顶的藏民有三四千人以上。我排在队伍后面，来到西夏堪布跟前，偷偷看了他一眼，堪布头戴三藏帽、左手持金刚铃、右手持内装莲师佛像的镀金嘎乌，容貌虽然是我熟悉的，可是看去又好像有点不一样，感觉有点陌生。

灌顶结束后，犹流连不去的民众，涌向分发法会供品和琼浆圣水的僧人，并有不少藏民跑向要离开会场的西夏堪布，用头摩擦他的衣摆，显然，西夏堪布在当地民众心目中有着无比崇高的地位。

连着两天，跳神和灌顶都是我的第一次经验，我参与整个过程，但远不如藏民们全心全意投入，其间和藏民不时有身体接触。我除了闻到藏民身上特有的味道外，隐约还可以感受到一种跳跃高涨的情绪，渲染着、满溢着，这种差距，语言与文化隔阂固然是个因素，但或许也是因为我信仰的虔诚度远低于他们。

许多藏民不识字，无法看懂佛经，对佛教教义的了解也很有限，但他们今世的生活甚至整个生命，却是紧紧和宗教相连。虽然有人形容宗教是一种精神鸦片，会麻痹人让人上瘾，但活在这个什么都无法确定的年代，或许，只有依恃着宗教的虔诚信仰，能让他们产生生存的力量，并经由参与寺庙各种活动的过程，洗涤新生。

重返黑水河

从山南回到拉萨，待了一晚，继续经由青藏公路往藏北走，打算由藏北重要枢纽那曲镇往东，接川藏公路北线出成都。

由于青藏公路是中国内地和西藏联系的重要通道，承载着西藏85%以上物质进出的运输任务，因此路面维护得相当好，是藏区所有公路中路况最好的，从拉萨到那曲三百多公里只花了四小时，相较于滇藏公路许多路段一小时只能走二三十公里，这里简直称得上是“高速公路”。

途中看到青藏铁路的铁轨已架设完成，正在做护坎，据说年底前可完工，明年正式通车，铁路直达拉萨。

因境内有条那曲河（怒江上游）而得名的“那曲”，藏语意思是“黑水河”，因此，东边通到昌都的公路称为“黑昌公路”（即川藏公路北线西段），西边穿过藏北无人区通到阿里地区的公路称为“黑阿公里”，黑阿公路衔接新藏公路可以抵新疆叶城。

那曲自唐代起便是青藏高原的交通要站，《新唐书·地理志》记载，从西宁到吐蕃国（西藏古名）之间共有二十多个驿站，那曲就在驿路上。清代路线虽有变动，那曲还是必经之城，今日，青藏公路、青藏铁路和唐蕃古道融为一体，那曲成为藏北第一大城。

一般所说的藏北，藏民习称羌塘（意指北方的空地），面积约三十多万平

曲地区平均海拔4500米，高寒、辽阔、空旷，是动物的天堂。

方公里，大约等于十个台湾那般大的土地，仅有不到一万的人口，辽阔、空旷，高寒缺氧，气候变化无常，平常海拔4500米以上，一望无际的草原和荒凉的戈壁滩，茫茫壮阔，游牧民族和野生动物群落组成这里独特的文化与自然景观。

那曲海拔4500米，重回那曲，回想起2000年8月在那曲发生的高原反应经验，余悸犹存，这回已在藏地待了一个多月，应该不会再有高原反应了吧?

怀着有点忐忑不安的心情抵达那曲，下车后背着前后一大一小背包，先到客运站询问往昌都班车，接着找晚上住宿处，走来走去好一会，幸好如履平地，完全正常。

回想2000年那次，我参加青藏线旅行团首度入藏，青藏公路最高点是海拔5200多米的唐古拉山口，之前抵达“五道梁”时，导游就不断提醒大家注意，要进入高原反应强烈的地段了，务必轻声细语，多喝水，动作要慢。

五道梁海拔虽然只有4600多米，但被称为青藏公路的死亡线，俗谚“到了五道梁，不是喊爹就喊娘”，就是因为那一带空气的含氧量只有海平面的40%，一般人常在那儿开始出现严重的高原反应。我们不敢多停留，匆匆而过。

到了唐古拉山口，下车观赏风景及拍照留念，感觉走起路来有点儿轻飘飘的，不太踏实，八月盛暑，顶着艳阳，空气还是冷冽无比！

到了那曲，当晚没事，第二天一早匆匆忙忙赶着前往镇外草原参加那曲赛马节，这是藏北一年一度规模最盛大的传统节庆，所有藏民包括牧民全都放下工作，盛装出席这“草原盛会”，远道而来者满山遍野搭起帐篷，一顶顶如花朵盛放在如茵的绿色草原上，会场内人山人海，会场外更有琳琅满目的赶集摊位，光走过就让人兴奋不已。节目开始后，再看到各项精彩的马上竞赛活动及形形色色的马上功夫表演，骏马奔驰，骑士风采翩翩，我们每个人都随着前后左右的藏民一起拚命呐喊加油。

一年一度的那曲赛马节，是藏北地区最大的传统节庆。

或许亢奋过度，中午回到住处用餐及休息时，脑部一阵发晕后，开始头痛，从轻微很快加剧，好像被戴上孙悟空的金箍咒，太阳穴愈来愈紧，脑内疼痛膨胀宛如随时会炸裂开来，几个同伴都有类似状况，各自喝了黑糖水（据说可缓解高原反应）及藏药红景天，躺在床上，放弃了下午的赛马会赶集。

一时，疼痛的潮水在脑内翻腾，疼痛有增无减，甚至稍微翻身，脑内就剧痛得劈哩叭啦似的要迸出火花，我再也不敢移动身子，四平八稳地仰天躺着，保持着意识的清醒，不敢睡着。潜意识里有一点点恐惧，万一睡着了，会不会就此不再醒转？第一次感受到死亡是如此容易，又是如此迫近。

那时我还未真正开始学佛，但可能因为身在藏地吧，自然而然就想起阅读过的《西藏生死书》，书中提过诵《六字大明咒》的功效，口中不自禁地反复轻声诵着，唵嘛呢叭咪吽，唵嘛呢叭咪吽，唵嘛呢叭咪吽……

脑海中自然而然观想着，剧烈疼痛宛如从万丈悬崖顶俯冲而下的瀑布那般奔腾，然后在高耸峡谷夹峙中奔流而去，漩涡急湍，水花四溅，出了山谷，河床渐宽，水流渐缓，终于平静地汇入海洋。

后来在《六字大明咒》的韵律中，不知不觉入睡了，一觉醒来天色已黑，头部虽然还是有点发胀，但已经不会疼痛，同房女伴没有我幸运，状况仍在，后来继续吃药，仍持续有高原反应，一路不舒服，直到几天后抵达海拔略低的拉萨

那曲地区人烟稀少，村落间的交通工具以摩托车为主。

（3650米高），才完全适应。

出乎大家意料之外，同队有一正值壮年的先生高原反应最为严重，两眼翻白，失去意识，领队紧急腾出一辆车，赶往拉萨医院急救，院方说幸好送得快，再晚一步很可能就会转成肺水肿。

对照同伴的情况，当时我只觉得自己很幸运，后来有幸进入佛法殿堂，一路走着走着，个中奥妙，渐有所体悟。

藏传佛教“咒”的意思是指“真言”，和汉传佛教的“佛号”（例如阿弥陀佛、南无观世音菩萨）类似，诵咒既是一种心念的收摄，也是自我心身的振动频率调整，更是一种气的调整。

许多藏传佛教密宗和印度瑜伽的书籍，均提到人体本身就是一个“人体生物能量场”，从这个观点，可以解释藏密瑜伽出现功效的原因。以诵咒为例，诵咒时产生振动，而这种振动的频率与宇宙能量辐射场的振动频率相符合，这就可以提高个体生物能量场的能量等级。人会生病，就是因为振动有不调和的现象，所以经由诵咒的声波振荡，即可调整身心的振动频率，甚至可以进一步以声波打通体内脉结。

《六字真言》（六字大明咒）就是利用发音时的气息，起到打开身体气脉的作用，对密宗修行和对身体健康，都很有助益。而禅宗的打坐，更是一种身、心、气的调整。

每当我对朋友说起这些体悟，并回首印证黑水河的经验，非佛教徒、没打坐经验的朋友，听了总是以存疑的眼神望着我，似乎不太相信，我实在不想说他们是井底之蛙，只能以“如人饮水，冷暖自知”快速结束谈话。

客车上的三日两夜情

从那曲往东到藏东大城“昌都”，距离七百多公里，属于川藏公路北线西段，绝大多数的旅游书对这里的描述都很简略，主要因为川藏公路北线的路况很差，班车又少，一遇大雨，必发生坍方或桥梁被冲垮的情况，一旦交通中断，就要被困山中，出山的唯一方法是靠两脚步行，因此，一般不太建议旅客走此路线。

昨晚询问开往昌都的班车，两天一班，行车时间三天两夜。很幸运的，今天正好有车，一大早，来到客运站，热闹滚滚，不同路线的班车乘客各自忙着装捆行李，找到往昌都的班车，好几个人正七手八脚往车顶堆货，车旁还有一大堆麻袋、木箱、包裹。

上车后，发现这辆客车还真不是普通的“破旧”，玻璃一层厚厚污垢，椅座倾斜不平，椅座椅背全是裂痕破洞，我按座号找到位置，拍了拍，满是尘土，不知多久没清洗了。前面一对抱着小孩的夫妇，太太正在埋怨，直说运气不好，上回搭的那部比较新，这辆看起来这么破旧，可别半路抛锚才好。

我拿糖给小孩吃，顺便搭讪，先生不太爱说话，都是太太在答腔，他们是丁青县的小学老师，内地人，正要返回学校。我问：“这条路的路况怎么样？”女老师边摇头边叹气，说这条路一年能行车的时间有限，五月初，她由丁青搭车前往那曲，半路还下大雪，差点路断，接着七八月的雨季马上来临，雨季过完不久

就是雪季，通常雨季和雪季时，客车停驶，往来只能搭运货的卡车，不幸的是，卡车为数也不多。

看来，我还真挑对了时间。

牧民小孩以好奇的眼光目送我们班车通过。

继续和女老师聊天，我问起教育状况，女老师又是一阵摇头叹气，说这里的知识水平很低，家长观念偏差，不愿让小孩读书，她提高声调："上学不用学费，住校吃住都不用钱，这样还不好啊？他们还是不愿让小孩来上学。""那怎么办？""能怎么办，就是到处去找学生啊！告诉他们这是义务教育，不来上学要罚钱，若是一直不来，累积到一定数量后，老师就伙同村里干部到他们家里拉牦牛顶替罚金，这招最有效，因为牦牛是他们的经济依靠，怕被拉走，就会勉为其难让孩子来上学。"

我哑然失笑，亏学校想得出来这对策，不过牧民也有苦衷，孩子是家中劳动力，上学了，牛羊群谁来放牧？站在我们立场，明了教育是改善贫穷的唯一途径，眼光放远，无论如何都要让下一代接受教育。但牧民的想法是，反正孩子将来也是一辈子放牧，读书干什么用？眼前家中就缺人手，哪还顾得了看不见的未来？

看来偏远牧区的教育问题，还需相关人士运用智慧规划，才能两全其美。

班车终于出发，我算了算，27人座的中巴车只有13位乘客，会有那么多行李，原来是车上有七个"游牧商人"，从那曲采购了大批货品，要运往昌都。

七个“游牧商人”分坐在我前后左右，互问哪里人，我说我是南方人，有人再问：“南方哪啊？”我回答：“福建。”幸好他们都没去过福建，没人再追问。

他们全是甘肃人，因为家乡贫困，结伴出来找生路，之前干过其他活儿，既辛苦又赚不了钱，后来遇到几个“游牧商人”，跟着学了一些技巧，改成自己当老板，不用看人脸色。我问他们：“这样从一个城镇批货到另一个城镇卖，有赚头吗？”他们回答有时赚得多些，有时赚得少些，总比待在老家好，而且可以四处游走，增广见闻。我再问：“你们都卖些什么啊？”“不一定，看眼前流行和要去的城镇缺什么就批什么货。”行销供需原理，他们倒懂得不少。

即使已进入六月初夏，公路所经山峰仍然积满白雪。

那曲往昌都途中所见寺庙，大都属苯教寺院。

车上另外还有一位老藏民、一对年轻男女藏民，看起来彼此不认识，分坐在不同位置，因离我远些，没有交谈。

车子出了那曲没多久，柏油路没了，路况变差，坑坑洞洞，崎岖不平，车子好像随时都会解体，不断发出奇奇怪怪的响声。

中午停下用餐时，师傅把车开到离餐馆不远的修车店检查，结果是底盘钢板震断了一片，必须更换，这一换就是两个多小时，小村落没地方去，大家全坐在阴凉处等着。我拿出旅游书对照地图查看资料，每个人都好奇地围在我旁边，问我们现在在哪里，我在地图上指出位置，他们又七嘴八舌问："那曲在哪？""巴青（第一晚住宿地）在哪？""丁青（第二晚住宿地）在哪？""昌都在哪？”最后有人说：“那曲到昌都这么近，要走三天车哦？”

女老师告诉我，通常第一天抵巴青约晚上八九点，结果晚上八点半时，我们还在路上，而且车子再度开进路旁小修车店补轮胎。花了近一小时后，车子再度牛步上路，在晃动中全车人相继进入梦乡，直到一声爆裂，车身摇晃后紧急刹住，大家全惊醒了，师傅助理下车查看，说是右后轮爆胎了。

之前半路上车的两位上海背包客，拿出超亮手电筒帮忙照明换备胎，其他人有的帮忙有的围观，我看没有我能帮忙的，便拿着手电筒往回走，不知谁喊了一声：“别走太远，别离开大路哦，有野狼。”

我应了一声好，走了一小段，关掉手电筒，四方暗了下来，只有车子方向有光亮，工具碰撞声在静寂的夜幕中断续响着。

路原来就一直沿着河流走，站住脚，水流声听得一清二楚，一轮皎洁明月映照着河面浮光闪闪，在四千多米的海拔看四周群山，虽然感觉不高，但气势磅礴。

在屋外晒太阳的老妇人，看到客车经过，高兴地对着我们摆手招呼。

静静站着，瞳孔适应黑暗后，本来混沌一团的夜色反而显得透明起来，远山也如一幅泼墨迷离的画，柔柔的月光覆盖着大地，宽阔的天地间既宁谧又神秘。

凝视了一会耸立于河对岸，只剩轮廓的群山后，再仰头望向星空，夜空深沉，星星闪闪烁烁，心渐渐清澄开阔，恍若一只朝向四面八方敞开的大漏斗，和大自然同步呼吸，汲取源源不绝的宇宙能量……

这天，将近午夜十一点半，才抵达住宿地。

山路以之字形盘旋，翻过一座又一座的高山。

第二天状况好些，车子只熄火了几次，前一天黄昏，半路上来两位背包客和一位残疾中年人，背包客称他为“大哥”，聊天后才知道他们也是半路遇到的，因为大哥见多识广，口若悬河，而称他为大哥。

车上多了大哥，笑声不断，他虽然两脚自膝盖齐断，但开朗风趣。他说他的人生目标是游遍大陆，已经搭火车走过好几省了，去过的名胜古迹记得一清二楚，随时可以讲出完整的特色和典故，旅游各省时，他就在火车上开讲，因为讲得精彩，乘客都会捐款资助他。没想到来西藏后，老是遇到比他穷的，而这里也很少人对他讲古说书有兴趣，已经好一阵没收入了。

黄昏时抵丁青，在客运站旅馆登记好住宿，就近找了家餐馆简单解决晚餐，

走回住处时，看到大哥在一家小杂货店吃泡面，我走过门口时和他打招呼，他高兴地指着店中小姐对我说："这方便面是这位大姐结缘请我吃的。"

最后一天早上班车要离开时，大哥说他不走，要在丁青待一两天，四处看看，我很佩服他的乐观和勇气，帮他付了晚上住宿费，当作结缘。

从好曲到昌都，一路海拔几乎都在4000米以上，靠近昌都时才下降，路况虽差，但景观从第一天的纯牧区、第二天的农牧区混合、第三天的峡谷溪流风光，变化多端，时值春夏之际，野花开放，路旁到处一片旖旎花海，即使是阴天无阳光，大地依旧色彩斑斓。

沿途除了一些小村落外，牧民都分散住在帐房，这种帐房据说用牦牛的腹毛织成，搓成毛线再细密缝制而成，防水又保暖，路旁看守羊群的人大都是小孩、姑娘或妇女，当车子经过时，他们面对着扬起的尘土也不走避，反而目不转睛地注视着。有几次我注意看，他们的视线一直随着车子移动，直到车子消失，有时坐在帐房外晒太阳的老人也会怔怔看着我们，有些小孩甚至跟在车后面追着跑。

在每一次短暂和他们眼神交会的刹那间，心底不禁都会升起一丝感伤，他们绝大多数的人可能一辈子都走不出这里吧！行驶中的车辆，代表着远方的热闹城市，代表着家乡以外的世界，他

沿途居民的生活以半农半牧为主。

被一片翠绿农田包围的路旁民家。

牧民的白色帐篷如朵朵白花开在绿草如茵的草坡上。

们那复杂的眼神是什么？羡慕？向往？想象？

车抵终点，大家互道再见，彼此祝福一路顺利，自助旅行的其中一个趣味就在这儿——和陌生人一起搭车，可以见识芸芸众生相，尤其是长途客车，在车上共度几天时光，好像有条无形的线将彼此系在一起，祸福与共。尽管来自不同地方，生命角色相异，有着迥异的生活习惯，也不知道彼此的名字，甚且抵达目的地后，各奔东西，有可能今生今世再也无缘相遇，但至少当下时光，大家共处有如朋友。

这种短暂的真诚情怀，我非常珍惜，俗谚："十年修得同船渡，百年修得共枕眠"，能同车也是一种修来的缘分吧！

暴雨冲毁了三座桥

才说雨季即将来临，它就悄悄地来了。

从那曲搭长途客车快抵昌都时，开始下雨，入夜后愈下愈大。半夜我被滂沱雨声吵醒，翻个身再度入睡，浑然不知，山洪冲毁昌都往东三座桥梁的恶梦，正在成形中。

藏东大镇昌都是座山城，城内两侧都是巍巍高山，城内被扎曲河和昂曲河分

隔成三区块，以数座桥梁相连接，城内建筑大都沿山势层层而建，这里属于康巴藏区，文化自成一格。

五月从云南入藏，曾在这儿住过两天，晨昏都前往位于老城区台地的强巴林寺，随着大群藏民转经。强巴林寺是藏东地区最大的格鲁派寺院，也是藏区唯一不收门票的大寺院，我在寺中首度目睹喇嘛辩经的盛大场面，精彩绝伦。

强巴林寺喇嘛两人一组进行辩经，手舞足蹈，精彩万分。

天亮后，雨还不停下着，买了往江达的车票，位置在最后一排。江达是西藏最靠近四川的城镇，从江达再转搭省际班车进入四川省德格县。这段路程，昌都到江达约230公里，江达到德格约100公里，正常状况只需花费一天，做梦也没想到，结果我花了三天才抵达德格。

客车开离昌都不久，雨停了，天气逐渐晴朗，云雾从山腰盘旋着往上升华，衬得青山虚无飘渺。沿途每隔不远，便看到河对岸山坡出现盛装的藏民马队，坐我左侧的藏民秋松说，他们都是要去迎接从海外回来的一个活佛，我心中暗叫一声“可惜”，若非七月初必须回到台北参加早排定的修行活动，我这就下车随行了。

孩子在成都读大学的秋松，是个少见文质彬彬的藏族中年人，要前往德格探亲并朝圣德格印经院，他是虔诚的佛教徒，对藏传佛教懂得很多，一路我们聊得很投缘。

坐在我右侧的是位汉族女孩，非常年轻，足蹬高跟鞋，穿着紧身裤，挽着一个时髦的手提包，脸上化着妆，坐在她右侧的是一位带着小孩的藏族妈妈，小孩坐不住，动来动去，她一直以嫌恶表情和语气，不断提醒藏族妈妈把孩子抱好，球鞋别踢到她身上，我直觉不太喜欢她，也懒得和她说话。

坐在我们前面两排全是康巴人，要前往四川甘孜，他们一群有七人，其中老者不断回头逗小孩玩，小孩笑呵呵玩得很高兴，扭动的肢体就更遭致女孩的白眼相向了。再往前是一对跑单帮的四川籍兄弟，几位汉族、几位出家僧侣，其余都是藏民。

接近中午时，车子忽然停了下来，前面车辆大排长龙，师傅助手下车打听，回来说一座木桥被大水冲走了，正在抢筑便桥，听说很快就可通车。

这“很快可通车”把不准是何时，我有点担心接不上江达开往德格的省际班车，但师傅和所有乘客好像没一个人在乎，笑嘻嘻地下车，或坐或躺在野花遍生的山坡上聊天，惬意极了。

桥断了，乘客于路旁山坡等候修复。

终于过河后，马群纷纷靠拢慰问。

我往窗外一瞧，左边是溪流，右边是高山，春夏之际到处野花绽放，雨后放晴，在阳光下显得格外生机盎然，能停在这风景旖旎的地方，也算是不幸中的好运吧！

拿着相机往溪边走，蹲下来欣赏一朵朵丰采各异的野花，正忙着采蜜的蜂蝶在花间穿梭，蚂蚁、瓢虫等小昆虫也四处钻来钻去，各自忙碌得很，看着看着，我不觉笑了起来，这不也是一个丰富的“小千世界”！

前方不远处有一群马匹正要渡河，因为溪水湍急，有匹看似领头马来回观察了一会水流和地形后，挑了个地方率先下水，其他马也陆续依照领头马的路线过河，最后只剩下一匹体型略显瘦弱的白马，来来回回磨蹭，几次眼看前足要下水了，最后一刻又往后缩回，显然有所顾忌，其他马在对岸，不断嘶鸣，白马在此岸也嘶鸣回应，这应该是它们之间沟通的方式吧，我暗自为白马着急。

时间一分一秒过去了，白马在领头马下水处的岸边，跑过来又跑过去，跑过去又跑过来，犹豫着，其间两岸马鸣声此起彼落，我心中也愈来愈着急，快速转着念头，有何方法可助它一臂之力？还没想出方法，意外地，白马在仰头鸣叫一声后，勇敢下水了。哇！加油加油，渡到河中央水深处，湍急的水流使白马一浮一沉，有时只剩马头在水面，我紧张着，一颗心都快提到嘴边了，佛菩萨您可要帮帮忙，别让它被水冲走了。当它终于爬上对岸，我松了一口气，它的伙伴全围了过去，嘶鸣着，有匹马还紧贴着白马，脸对脸亲密地磨擦着，那是它的亲人吧！

活生生的一部马群渡河纪录片，在我眼前上演，动物和人一样，都是有情众生，有着相似的情感，就连对未知的恐惧，应该也是相去不远吧！

恐惧是所有负面情绪中力量最大的，它也曾经是我的弱处，大部分的恐惧来自不确定性，对它投降就意味着永远躲在自己熟悉的事物中，不敢往外跨出一步。接触佛法后，我明白如果希望自己无有恐惧，就需要坦然面对，主动去体验恐惧；慢慢地，尽管恐惧还是会随着未知现身，但已转化成带有一种积极性、挑战性的督促力量。虽然说来有点不可思议，但确实如此，只有“用一颗开放的心和恐惧交朋友”，才能不受恐惧的束缚。

回过神来，发现康巴人和汉族男性全爬到山坡上，一个个蹲在地上，仿佛在找什么，等他们回来，才知道原来是在挖虫草（中药的冬虫夏草），康巴人挖到十多根，我第一次看到新鲜虫草，他们拨开外皮让我瞧，隐约还可看到虫的形貌。啧！造化真是神奇，旋即想到中国人热衷吃虫草进补，又为虫草的命运不胜唏嘘！

从中午等到傍晚，便桥还没修好，忽见七位康巴人拿着行李下车，我问秋松怎么回事？原来是他们赶时间，要搭大卡车强行渡河。暮色降临后，所有车辆掉头回到约半小时车程的小聚落，填饱肚子，却找不到住宿处。十多人只好半坐半卧全睡车上，打呼声此起彼落，只要有人换个姿势，整辆车都会摇晃，我环视全车，睡得最香甜的大概就是那位带着棉被铺在走道上睡的藏民吧！

我时睡时醒，半夜两点被敲打车窗的雨声吵醒，看看温度摄氏十五度，这里海拔约4100米，大概是因为车厢封闭加上人的体温，所以只略感凉意并不觉得寒冷，否则我的羽绒服放在车顶大背包里，夜雨中爬上去拿还真麻烦呢！

隔天一大早，喇叭声大响，通车了，大家都很兴奋，在细雨中顺利过了便桥。

好景不长，走没多久，车轮陷进积水泥泞中空转，藏民二话不说，卷起裤管和衣袖就下去准备推车，师傅对其余人说：除了女性和老喇嘛外，男性全部下去推车。

带着相机下车，雨依然下着，满地湿泞，幸好我穿的是防水的gore-tex风衣和登山鞋。后面一辆客车这时也到了，车上藏民主动下来帮忙，咦？我忽然发现下雨转为下雪，雪花点点像碎棉絮一样飘扬，车外每个人全身上下全变成白花花一片，有如白色精灵。

折腾许久，最后还是劳烦一辆路过的吉普车在前面帮忙拉，大家同时从后面推，这才脱离险境。

恶梦连连，不久又面临第二座被冲毁的大桥，车阵堵得老远，雨小些了，偶尔还出现阳光，我随着藏民步行到断桥处，一看，傻眼了，河面那么宽，根本不可能修筑便桥，河边站着一堆人议论纷纷，都在讨论有何方法过河，终于有位勇敢的大卡车师傅，决定冒险闯关。当卡车前后轮都进入滚滚洪水中，岸边所有群众莫不屏气凝神注视着，我听到旁边藏民低声诵经祈祷着，终于，卡车顺利爬上对岸，所有人欢声雷动！

这个成功先例让每位师傅信心大增，一辆接着一辆全下了水，客车因为车身低，乘客改搭大卡车，客车再空车渡河，轮到我们那辆客车时，车上所有乘客

一部大客车在渡河时，于河中央熄火，动弹不得，最后劳动怪手救援。

在河边站成一排为师傅加油。由于这一路上已熄火过无数次，每个人都暗中担心老爷车历史重演，幸好有如神助，师傅居然一口气顺利过河，我们鼓掌叫好，像迎接英雄一样，把师傅捧得飘飘然。

而之前帮过我们的那辆客车就没这么幸运了，陷在河中央，前进后退不得，最后只好劳动推土机来拉，折腾了好一会，才顺利渡河。

好像过关斩将一样，一关比一关难过，来到了第三座被冲毁的大桥，河面虽然不很宽，但河水既深又湍急，这下连卡车都不敢尝试，养路工程处紧急调了几部挖土机打算从旁另挖出一渠道，用来疏导河水，降低水位，但缓不济急。

天黑了，挖土机打着灯光还在赶工，正打算接受又要在车上过夜的命运，四川籍兄弟跑来问我想不想先离开？我说："想啊，但要怎么过河？"也真天才，他们想到拜托挖土机师傅帮忙，挖土机伸长手臂，人就蹲在怪手爪内，像泥土一样被挖土机送过河，然后，在一小杂货店内，由汉族女孩打电话给熟识的师傅叫车，连夜赶抵江达。

天亮后，离开西藏自治区，进入四川省甘孜藏族自治州。

一天的行程走了三天，在这三天里，我最真切地感受只有两个字："无常"。

日本女孩麻衣

大圆满之夜

告别，另一个开始

啦索索，神胜利了

四川甘孜藏族自治州

日本女孩麻衣

她，日本女孩麻衣，二十三岁，让我想起了年轻时的自己。

在昌都客运站等候发往江达的班车时，我首度注意到她，个子比我瘦高，一头短发，戴着副眼镜，和我一样背着一大一小两个背包，看来也是独自一人旅行。最初我以为她是来自内地的背包客，上车后因为她的位置在前面，我的位置在最后一排，旁边又坐着虔诚佛教徒秋松，一路聊得很愉快，我也就忘了前面有位独行旅者。

直到车行至第一座断桥处，所有乘客下车到山坡上等修便桥，她和藏民还有喇嘛比手划脚，这才再度引起我注意。我心中打了一个问号，她是聋哑吗？故意走过她们旁边，瞄了一眼放在她膝上那本藏民和喇嘛看得兴味盎然的书，咦？是日文的西藏旅游书，我恍然大悟，原来她是日本人，我用英文向她打招呼确认，她高兴得很，因为这一路语言不通，令她有口难言。

彼此聊了一会，发现她的英文和我一样破，不过，可能是因为水准相当吧，我们沟通得还算不错。

我真是佩服她的勇气，英文不好，藏语不会，中文也说不了几句，竟然敢独自一人到藏区旅行。她说毕业工作了一小段时间，九月要再读书，所以利用这几个月旅行，她从香港转广州入境，飞成都后，先随旅行团去了九寨沟，接着走川藏公路入藏，没想到在昌都客运站要买前往拉萨的车票时，遇公安临检而被驱赶

离开。

我问她："你不知道外国人不能独自走川藏和滇藏公路进入西藏吗？必须由旅行社代办手续。""知道，书上说了，但我喜欢独自慢慢旅行，而且旅行社代办费用好贵。"我建议她可以从成都搭飞机入藏，再从拉萨往外走，通常不会被临检。她摇头，表示不想搭飞机，她看资料可以从四川甘孜藏族自治州往西北接西宁，走青藏公路入藏，然后她想由中尼公路前往尼泊尔和印度，再回日本。

萍水相逢，麻衣（右）和作者有了一段短暂却真挚的情谊。

我拿出我的西藏加相邻省份及国界的大地图，标出几个重要地名，跟她解说要如何衔接，有几个关键处要特别注意，最后告诉她，我要回家了，地图送她。她如获至宝，拜托我重复发音几个地名，她用日文标注在旁。

当我们车子陷进泥泞，男性下去推车时，我下车拍照，麻衣也跟着跳下车。我才往前走了几步，随即听到她低声惊呼，回头一看，她大概缺乏经验，不懂得泥地行走该如何避重就轻，这会儿双脚全陷进烂泥巴里。旁边藏民见状，赶紧拉她出来，只见一双球鞋已经变成泥鞋，我回头协助她脱下鞋袜，问她有没有鞋袜可换，她比了比车顶，喔，收在大背包里，那就只能暂时把脚缩在座位上啰！

我往前走了一小段，路旁出现一小山涧，水很干净，转身回到车上请麻衣把泥鞋袜给我，然后提着泥鞋袜找了片石板充当刷子，蹲在山涧边洗刷。哇！水真是冰冷，也难怪，这里海拔4000米高呢！当我把洗干净的鞋袜递给麻衣，她脸上

又是惊喜又是感激，连声向我道谢。

遇到第二道断桥时，我俩一起站在河边观看，溪水湍急轰轰隆隆，我见她看得目瞪口呆，扯开嗓门问她：“你在日本一定从没看过这种景象吧？”她边笑边摇头，大声回答：“从来没看过，你可以帮我拍一张照片纪念吗？”

这两天，她跟着我们在路旁小餐馆用餐，因陋就简不打紧，到处都肮脏得很，我是见怪不怪，但想到麻衣来自世上最干净的国家，忍不住问她：“你受得了吗？你们国家那么干净。”她笑笑：“刚来有点受不了，后来就习惯了，我不看这个，我看西藏的文化、历史、宗教和人民。”

坐挖土机渡河后，麻衣告诉我，她一辈子都不会忘记这一幕，我回答：“Me too.”我们在黑夜中互看一眼，相视大笑。

在蓝天白云陪衬下，初夏的草坡更显绿意盎然。

包车抵江达后，因为已半夜三点，大家都不想花钱住旅馆，决定在车上睡，四川籍师傅警告我们深夜很冷，约了七点出发往德格后，拔了车钥匙便和汉族女孩离开了。秋松和四川籍兄弟各睡一排座椅，我和麻衣共享一排，各自斜靠向两侧，果然很冷，根本无法入睡，想想再三四小时就天亮了，我也懒得到后车厢拿羽毛衣，便运用“内观”观想，身体才稍微暖和。

这车是汉族女孩叫来的，我们几个人昨晚先付了车费，本以为七点出发，两三小时可抵德格，我还有充裕时间参观德格印经院，没想到整个早上都耗在

环绕着德格印经院四周，有不少藏民在转经。

江达。先是师傅不守时，九点才姗姗来迟；接着说车子有点问题，开到修车厂修了两小时；然后又说还有几个人要搭，再等一下，车子就这样停在江达马路边。

眼看快中午了，我忍无可忍问：“师傅，您这样浪费我们的时间，说不过去吧？”长得瘦小精悍的师傅回头瞪我一眼，不高兴地说：“我这是九人座车，你们才五个人，叫我亏本啊！”“可是昨晚我们谈的是包车，付的费用就是包整部车，现在你怎么又改成算人头？”那师傅再凶狠地回瞪我，还没开口，汉族女孩出来打圆场：“哎呀，出门在外，大家都互相给个方便嘛，人马上就来了，马上就出发了！”

结果抵达德格已四点多，和大家道别后，我和麻衣找了间藏式旅馆，房间还算干净，一人三十元，我俩都能接受，便住下了，放下背包，我赶紧前往德格印经院，麻衣因为之前已来过，未同行。当我急急忙忙赶到印经院，发现只开放到五点，唉！错身而过，不知何时才有机会再来造访？

晚上和麻衣闲聊，我提醒她明天一早醒来若看到我在打坐别吃惊，那是佛教徒的一种修行方式。她说她明白，她也是佛教徒，还拿出她的念珠给我看，难怪她会那么喜欢西藏。

隔天，我们搭客车翻过五千多米高的雀儿山垭口，来到往成都和青海的三叉路小镇“马尼干戈”，换乘小面包车往北走。我要去的佐钦寺，在翻过4800米的海子山垭口后，很快抵达下车点，师傅帮我卸下大背包，麻衣下车在一旁默默看

着，三天半的相处即将划上句点。

我们互相紧紧拥抱道别，我重复昨晚的叮咛，提醒她一路要小心，万一从青海还是无法顺利入藏，而她仍想前往西藏时，那就回到成都，成都的“观华青年旅舍”老板娘是个喜爱自助旅行的日本人，可以协助她办理所有入藏手续。

麻衣不断点头，等我说完，她对我说：“Echo, I don't know how to say, you are so kind……”她停顿了一下，继续说：“Thank you for everything, I'll remember you forever！”镜片后的眼睛闪着一点泪光，我们再度拥抱，在那停顿的几秒钟里，享受真诚情谊的流露。

我接着拜托小面包车师傅，请他务必载她到长途大巴站，协助她买好下一站车票，“可别让人家回到日本后，说我们中国人欺负外国人”。我特别加重语气说了这句话，师傅爽朗回答：“那当然，那当然，我们是大国嘛！”

站在路旁，看着车子扬尘离去，我本来不喜欢日本人，但在我眼中，麻衣就只是一个单纯的“人”，一个单纯的“旅者”，一个和年轻时的我一样喜欢探索世界的“独立型女孩”，而旅途中的情谊往往是跨越民族国界的。

我在心中对着车行方向默默祝祷：“麻衣，祝你一路平安顺利！”

大圆满之夜

多年以后，当我在某个深夜突然醒过来，望向窗外的月色星光，我想我会想起独自宿于佐钦寺招待所的这个夜晚。在海拔4300米高的山谷里，刺骨的冷风从破窗中肆无忌惮地钻进来，窗外依稀有着月光与星光，透过没有窗帘的玻璃照进空荡荡的屋内，满室寂寥，而在冷风飒飒声中，唯一相和的是破旧天花板上那整夜召开运动会的大群老鼠……

上周旅行到山南地区，敏珠林寺佛学院西夏堪布知道我要走川藏北线出成都后，提醒我务必前往德格县竹庆乡的佐钦寺朝圣，他说那是一个具有殊胜加持力的清净胜地，除了寺庙，还有佐钦协日森五明佛学院及大圆满闭关修行中心。

我在出发前读资料时，也对佐钦寺（或称竹庆寺）留下深刻印象，“佐钦”是“大圆满”的藏语发音。已有三百多年历史的佐钦寺，是宁玛派最高法门“大圆满法”的教授传承发源地，历史上曾出现过13位虹化大成就者（指圆寂后肉身化为一道虹光消失），心中对修行能修到肉身化为一道虹光，啧啧称奇！

因缘具足时，一切是如此地顺利，下午和麻衣道别后，路边便有专门载客的摩托车等着。奇怪的是，驾车者是僧人，我说要到佐钦寺，他点头，连同大小背包一起上了后座，他油门一加立刻呼啸急驶，穿越凹凸不平的山坡草地，经过佐钦村，上坡拐过一小山口，几分钟后，眼前豁然开朗，宽广的翠绿山谷在远处雪山陪衬下，宛如阿尔卑斯山风光！

这是第一回看到寺院拥有如此广阔的大片山谷，而且展现壮丽与灵秀兼具的雪域风光，令人不自觉脱落满身尘垢，难怪从寺院通往大圆满闭关修行中心的路上，有一布条匾额这么写着："茫茫众生，就此安住于大圆满之中吧！"

在紧临佛学院的寺院招待所登记住宿后，我轻装往山谷里走，山谷尽头是大圆满闭关修行中心，大门虚掩，才一脚跨进门槛，凶猛的狗吠声立刻响起，吓得我赶紧缩回脚，视线越过庭院，可看到里面大殿台阶前，众多僧俗鞋子零散摆放着，看来殿内有法会或是……找不到任何人可以问，只好沿着外围走一圈。

从山谷尽头再往山坡高处爬，全是修行圣地，资料上记载有许多圣迹、修行洞及美丽的高山湖泊，据说全部走完要花两天。我往上爬了一个多小时，经过森

从竹庆村进入佐钦寺山谷，沿途风景如画，藏民悠闲骑马漫步。

林、沼泽湿地、溪涧及岩壁等，看到有许多简陋的修行小屋和帐篷散居着，但没看到任何修行者（后来才知道，这几天有活佛在大圆满闭关修行中心传授大圆满法，修行者全参加去了）。

佛学院学僧正准备前往经堂上课。

林间到处都是小径绕来绕去，毫无指标也没人可以问路。我爬到一个高崖上，风声呼啸，山下景致尽纳眼底，崭新的大圆满闭关修行中心位于山谷最里侧，正在扩建的佛学院和招待所居中，寺庙则最靠谷口，一条小溪沿着右侧山脚蜿蜒而出山谷，四周被高峰雪山环绕，好一片富庶的山河大地。

虽然没找到半个圣迹，心中也不觉得遗憾，因缘不具足吧！只要能在圣地山中走一趟，沐浴在修行氛围中，感受灵山秀水的神圣加持力，也是有所收获。

晚上，有十几张床位的偌大招待所只住了我一人，夕阳西下时，坐在窗边面对着山谷深处的雪山及大圆满闭关修行中心，以方便面当晚餐，和着佛学院间歇传来的法螺声和诵经声，咽下去的仿佛是丰盛的山珍海味。

招待所的窗户玻璃到处是裂缝破洞，4300米高的冷风吹得屋内凉飕飕的像座冰库，我盖了一床厚棉被加上毛毯才稍感暖和。住在天花板的大群鼠友，整晚不睡觉，跑来跑去开运动会，把整片天花板震动得不时有木屑落下，害我直担心老旧的天花板会不会突然垮下来？

听着头顶上老鼠未曾止歇的蹦跳声，实在无法入睡，想起在网络上曾看过一个不用杀老鼠却可以让老鼠自动消失的方法——“先设法抓来一只老鼠，在它身体涂上鲜艳颜色，例如脸是大红色，身体是绿色、黄色、蓝色夹杂，尾巴涂成白色，然后把它放走，老鼠就会绝迹了。”据说这是“老鼠心理学”，因为当那只五彩的老鼠逃回洞里，它的亲戚朋友看到后会大感恐怖，四散奔逃；而那只五彩的老鼠则会大感愧疚，也会逃走。这样，整窝老鼠都会绝迹。

真是有趣！不知有没有人照着试验过，有效吗？那只“五花鼠”会不会从此无法生存？因为鼠辈都不认同它。

想到这儿，有点可怜老鼠，还是别用这招吧，但我也不可能像苏东坡一样，“爱鼠常留饭，怜蛾不点灯”。果真如此，那鼠辈岂不猖狂繁衍？还是井水不犯河水，各自在自己的天地里生活吧！

又想到素来具有神秘色彩的“大圆满法”，“大圆满法”是藏传佛教宁玛派独有的特殊伏藏，宁玛派主要分“经典”和“伏藏”两大传承，经典传承指佛教前弘期译传的密法，伏藏传承指前弘期莲花生大师等密教高僧埋藏的密教经典法门，直到佛教后弘期时才被挖掘出来弘扬于世。

佐钦寺山谷尽头的高山森林里，有许多简陋的修行小屋。

有阵子对“大圆满”和“大手印”很好奇，找了不少书看。藏密认为宇宙万物都有能量场（中国古代称为气场，现代人称为磁场），大圆满的主旨便是通过人体这个有磁性的生物能量场，在藏密气功法配合下，摄取太阳宇宙能量场的光能，以强化、提升人体自身的能量场。

佐钦寺所在的广阔山谷，展现壮丽与灵秀的雪域风光。

质量和能量是可以互相转换的，爱因斯坦在相对论中发表了质量与能量转换的等量公式，指出在广义的宇宙范围内，能量是同一事物质量的转换形式。有人依此理论解释修习大圆满成就者临终虹化的原理，肉体的质量转化成光的能量，大量往外释放，因此肉身缩小或消失，只余一道虹光缭绕。

爱因斯坦的相对论也使时间和空间有了相互联系的关系，空间和时间都不是独立、绝对的，而是相对的存在。有趣的是，这种相对论的时空观早见于佛经，《楞严经》的“于一毫端，现宝王刹；坐微尘里，转大法轮……”及《维摩经》的“以须弥之高广纳芥子中，无所增减……”早在两千多年前，佛陀的智慧和对宇宙时空的了解，就和爱因斯坦经由科学物理实验、数学逻辑所推论出的时间和空间的相对性，有着奇妙的相似处。

佐钦寺是宁玛派最高修行法门“大圆满法”的教授传承发源地。

大圆满法也主张事物无绝对限制，可大可小，无所障碍，空间周遍，时间相续，修习大圆满可以超出时空限制，又遍于时空一切领域。因此，一些入定高深的修行者可以看见整个宇宙在自己体内；临终虹化后的大圆满光，也可伸延到宇宙任何时空领域，这都不足为奇。

我透过窗户玻璃裂缝望向深邃神秘的夜空，这广阔无垠的宇宙时空，无尽的奥妙，是我们凡人无法理解的，这种超出人类语言和概念之外的体验，最好的方法或许就是经由禅定的“止”和“观”，才有可能体悟出宇宙万象的真谛吧！

东想西想，翻来覆去，似睡似醒，直到清晨五点佛学院传来诵经声，一颗纷扰的心终于安住，沉沉进入梦乡……

告别，另一个开始

佐钦寺是我这次旅程的最后一个重要据点，甘孜藏族自治州本来也在旅行计划内，但因时间不足，只好全割舍了。

离开佐钦寺来到甘孜，清晨搭上甘孜开往成都的空调特快车，师傅说今晚午夜前可以抵达成都，手中握着车票，我意识到：我的旅程快要告一段落了。

我即将离开藏地，离开这块世界上陆地隆起最晚、面积最大、海拔最高的高原，离开这块被称为“世界屋脊”、“地球第三极”、“山的海洋”的高原，空调特快车将载着我回到繁华的都市。

而此刻还没离开，我已经开始想念起藏地的一切了。

再不能坐在蓝天下对着绵延的群山发呆；再不能躺在黑暗中聆听万籁入睡；再不会和语言不通的善良藏民比手划脚；再不会有人问我：“你一个人旅行啊”；再不会有陌生人请我吃糌粑、喝青稞酒；再不会有人喊我“小姑娘”、“好样的”……

我明白，藏地丝毫不会因为我的进入或离去，而有所改变，只是我自己却因为这趟旅程，仿佛重新活了一回。

五十多天的日子，远离了台北的日常生活轨道，自由自在地行走在广阔的天地间，这让我那些老是以“人在江湖，身不由己”为借口，其实大部分是没有勇气离开熟悉轨道的朋友们，多次寄来E-mail表达无限的羡慕和向往。

我知道他们和许多人一样，抱持一种想法："等我度过这个时期，等我退休，等我……我就要……"当这样的想法浮现，生命的进展很可能就受到了耽搁，甚至于就遗落了一部分生命，因为老把眼光放在不可预测的未来，以为幸福在前方不在身边，只顾着往前眺望，就很容易忽略眼前当下所拥有的。而其实眼前正在走的路，正在做的事，正在接触的人，无一不是生命的一个历程，一个人若忽略了当下，当未来来到跟前，他还是会视而不见。

其次，就像西藏谚语所说："今天上床，不知道是明天的太阳先来到，还

随着海拔从四千多米一路下降，心中有淡淡的怅然升起。

是死亡先来到？”没有人知道生命会终止于何时，唯一的对策就是在当下每分每秒，认真过生活，好好珍惜每一个过程，因为过程的本身就组合成每个人的生命，而生命是无法重来的。

我很欣慰自己学佛，可以看清盲点，可以勇气十足游走在中国边疆，只身在异地，把自己从熟悉的事物中抽离出来，孤立于因熟悉以至经常视若无睹的生活轨道之外，逐渐地，心也能从纷纷扰扰中沉淀下来，一趟旅行无异一趟经行。

单独一人旅行，常常要自己做决定，走或不走？往左或往右？往东或往西？有时有客观资料依循，协助作判断，但大多时候无所依恃，我便凭直觉作决定，而每做了一个决定，就好像在人生的十字路口选择了一个方向，继续上路，迎向沿途的一些偶然和必然。

年轻时刚开始自助旅行，作了决定后总免不了有所期待，但有期待就代表会有失望，之后，旅行次数多了，经验丰富了，年纪也渐长了，心态改成“尽人事，听天命”，不再刻意期待，不再执取有无，反而惊喜连连。

旅行藏地这段时间，数不清多少次顶着艳阳，坐在土路边，坐在小店门口，坐在草地上，等那几乎很少准时的客运车，陪伴我的大都是我那一大一小两个背包，有时也有藏民一道儿等待，我从他们那里学会耐心。无论是久候无车、半途车故障、堵车、大雨冲断桥……面对任何状况，他们总是笑嘻嘻的模样。真的，我从来没遇过一位生气的藏民，这真是一个凡事慢慢来、好脾气的民族！

这一路最常兴起的感触，是佛法所说的“诸行无常”，出发前看了无数资料，但一切都在变动中，状况不断。我谨守法鼓山法师的开示：“随遇而安，随缘生活，随心自在，随喜而做”，安住在无常中，享受无常带来的一切可能性。

甘孜、炉霍、道孚、塔公、康定……这些地名和景观全在资料中读过，烙印在脑海中，现在只能看着它们在窗外飞逝，从海拔四千多米一路下降，眼看着手表高度数字逐渐减少，心中有着些微怅然。

旅程就要告一段落了，回首，除了日夜看不尽的山川壮丽风光，最难忘、最感动的都是一些和我有短暂交会的藏民。感恩一路上帮助我的众生，即使只是把靠窗位置让给我拍照的陌生人，感谢你们，虽然我不知道你们的名字，但我会永远记得你们的笑容，那绽放在黝黑肮脏脸上的纯真笑容，是我看过最美丽的笑容!

我的手碰触到小背包内的两尊佛像——释迦牟尼佛和莲花生大师，这是藏族朋友送的，哈达层层包裹着，两尊佛像腹内装藏（佛经），由色拉寺僧侣诵经开光，过程以慈悲心发愿众生离苦得乐。就让我借花献佛，以此发愿转赠给所有高原雪域的众生，离苦得乐，享有心灵的香巴拉（香格里拉）!

从甘孜到成都，一路翻山越岭，陆续越过几座高山垭口，来到第一座垭口时，我忘情地要高喊“啦索索”，然后忽然有所意识到，于是，张开一半的口就此停在哪里……

藏语发音的“啦索索”，意思是“神胜利了！”，在之前的行旅中，每当经过高山垭口，都会听到全车藏民高声呼喊“啦索索……”尾音拖得老长，同时往窗外空中抛撒出印有经文的五彩小纸片，这是感谢并祈祷上苍保佑自己一路平安的仪式，来自昔日祭山神、战神的古老习俗。

这里虽然属于藏族自治州，但已听不到熟悉的“啦索索……”环视全车，几乎全是汉人，纵有藏民，也大都汉化了吧！怅然若失之余，我只能独自面向窗外喃喃喊着：“啦索索……”感谢诸佛菩萨护佑，我顺利完成了五十多天的旅程!

随着离开藏地愈来愈远，蓝天消失了，天空愈来愈灰暗，我终于昏昏沉沉入睡，睡梦中回到了西藏湛蓝洁净的天空下……

晚上近12点抵达成都，午夜的成都还车水马龙，回到繁华都会，有点茫茫然，空气品质不好，精神有点儿无法集中，在终点站“新南门汽车站”下了车，从四面八方立刻围上来一群招揽住宿的男女，不管他们说什么，我就只是摇头。

一排排长长的转经筒，是藏地最常见的风景，似乎时时提醒世人精进修行，早日脱离轮回之苦。

背了五十多天的大小背包，这时忽然变得沉甸甸的，只能步履艰难地拖着身子往前迈步，幸而网络背包客推荐的旅馆就在前方不远。

住进旅馆，全身清洗干净，已过凌晨一点，这是五十多天来洗得最彻底的一回，睡意全消，冲了最后一包麦片，一边喝着一边随意转着电视台，好一段时间没看这些声光十色的节目，看着看着竟感到有些疏离感。

转到音乐台，正好在播送一首歌：

当明天成为昨天，
昨天成为记忆的片断，
内心的平安那才是永远。

内心的平安？这不就是圣严师父常常殷殷教诲的“心安才有平安”吗？仿佛为我的随缘走西藏ending，作出简单而完美的注解……

后记：随缘走，随缘遇众生

写完本书，所有最美的风景已刻在心田上，最感动的回忆也已收进记忆里。

西藏面积120多万平方公里，人口却仅有近300万，其中90%为藏族，平均每平方公里只有两人，生活在这块高原上的藏民，拥有最辽阔的天地。相对于这片广袤的“地球第三极”，我五十多天的行走经验，只不过走过它的一个小小点，只能算是轻微触摸了一点点皮毛。

而我所遇到的西藏，也只是我个人的价值取舍，这些文字，更只是一个一个的点与线，是片段的记录，而那整体、全面的感动，唯有每个人亲自用双足走过那片土地，用手用脸亲吻江河湖泊中的水，用肌肤用身体拥抱山间的风，用眼用耳用心倾听，才会了然一切。

我不是专业摄影者，书中图片也许不是那么令人满意，但每一张都有我的用心，甚至可以说大部分都是老天的用心，是老天安排让我拍下的。因为一路都搭客车，许多美景出现时往往身在摇晃颠簸的车上，只能一边祈祷防震相机发挥功能一边按下快门。有时利用师傅停车休息、用餐、会车或有人要下车方便时，抓紧刹那按下快门，很少机会容许我慢慢找角度取景。因此，这些照片只能视为一种印记，记录着文字之外，我在那个当下一部分的视觉角度。

这段旅程既是我自己主动的选择，也受冥冥之中某种神圣力量被动的带领，在我离开那块天宽地阔的高原后，回忆，总是远远超越文字及照片所能传达的，带着一种巨大无比的力量，无声地在我心田一页一页翻阅……

出发前，一位刚从西藏回来的佛教徒朋友，送我一句话："随缘走，随缘遇众生。"翻阅自己的读书笔记，也有这样的文字：

随不是跟随，是顺其自然，不强求，不过度，不躁进；随不是随便，是把握机缘，不悲观，不刻板，不慌乱，不忘形。

“慈眼视众生，众生即是佛”，是我读《普门品》时感到最相应的两句，此回也作为座右铭，在旅程中一路随行。

行旅藏地，无尽的未知和变数，的确需要以“随缘走，随缘遇众生”及“慈眼视众生，众生即是佛”的慈悲与智慧去面对，而我的年纪加上对生活的历练，也让我有足够的宽容与余裕面对一切。

我总是提醒自己，半百年纪，生理已在变老，每个人随着时间流逝都会变老，但不一定会变成熟。成熟是一种内在的成长，当一个人带着全然的觉知到经验中，无论做什么，无论遇到什么，都保持觉知，不只看到表象，还能从各个角度试着穿透它的内里，那么，在变老的同时便会变得成熟，智慧也会伴随而来。

离开西藏后，无论是身在北京还是台北，我常常在走过车水马龙的街头时，突然就会想起西藏，想起那片苍茫寂静的高原，想起那幅天清地阔的时空，然后愣在原地，回忆起五十多天的行旅点滴，所有的家当扛在背上，两肩挑起生活的担，生活因为被浓缩，反而益见香浓馥郁。

这段独行藏地的心路历程，沉淀了大半年之后才开始提笔书写，时间，是最冷静的仲裁者，再大再深的喜怒哀乐也会在时间河流的冲刷中慢慢被洗淡，于是，无论是欢乐或悲哀，无论是顺境或逆境，最后都会回归到最初始的宁静。

当激情转化为深海潜流，再回头看我走过的历程，我依然深信，于全民信佛的藏地旅行，会扩充一个人生命的视野，忆及去年六月底风尘仆仆归来，如今一年过去了，那旅途中无数震撼生命的记忆，仍深深烙印于脑海深处，它们仿佛打造了一个心灵的桃花源，守候着，等待我归去的跫音响起……

藏历火狗年4月25日（公元2006年6月20日）完稿于拉萨西藏大学。